www.lenos.ch

Anja Schmitter

Leoparda

Roman

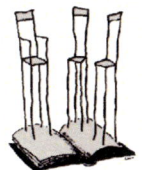

Lenos Verlag

Die Autorin dankt allen, die dieses Werk durch ihre wertvolle Unterstützung möglich machten. Besonderen Dank an Ruth, Sophia, Noëlle, Leticia, Lucia und das ganze Verlagsteam von Lenos.

Erste Auflage 2022
Copyright © 2022 by Lenos Verlag, Basel
Alle Rechte vorbehalten
Satz: Lenos Verlag, Basel
Grafikdesign: Sophia Becker
Illustration 4. Umschlagseite: Noëlle Gogniat
Printed in Germany
ISBN 978 3 03925 025 7

Für meine Familie und Freunde
Für Daisy und ihre verwilderte Schwester

Who is
And who was
And who is to come

# Teil 1

Die Liebe

Über dem Lochergut kreisten Möwen. Sie stiegen vor der sandfarbenen Fassade des Hochhauses empor in den blendend weissen Himmel, standen dann einen Augenblick still im Zenit als flügellose schwarze Sicheln. Und liessen sich wieder fallen. Und flatterten und kreischten. Es war aussergewöhnlich warm für Januar, vermutlich dachten die Vögel, es würde bald Frühling.

Kleo stand am Fenster und betrachtete den grauen Topf, der auf dem Fensterbrett stand. Darin war eine braune Knolle, aus der etwas Hellgrünes, Fleischiges herausschoss. Jedes Jahr schenkte ihr Ernst eine Amaryllis zum Geburtstag. Jedes Jahr mit den Worten: Wenn du ihr gut schaust, ist sie mehrjährig. Kleo gab sich Mühe, doch die Pflanzen blühten jeweils nur einmal und mussten dann entsorgt werden. Sie nahm das halbvolle Wasserglas vom Schreibtisch und schüttete den Inhalt über die Knolle.

Am Vorabend hatten sie in Kleos Lieblingsrestaurant gefeiert. Ernst, Mutter, Vater und Kleo. Die Eltern hatten sich herausgeputzt, der Vater trug ein kariertes Hemd und die Mutter Lippenstift. Kleo ekelte sich vor dem Lippenstiftabdruck am Weinglas ihrer Mutter und versuchte, ihn zu ignorieren, aber ihr Blick blieb immer wieder daran haften. Der Fleck war dunkelrot und schmierig.

Ernst hatte sich für die zukünftigen Schwiegereltern rasiert. Er sah jünger aus ohne Dreitagebart, fast etwas jungenhaft, wie der Sänger einer Boygroup. Während des ganzen Abends lag seine Hand auf Kleos Oberschenkel, und wenn sie etwas sagte, trommelte er zärtlich, ihre Worte bestätigend, mit den Fingerkuppen. Der Vater hatte sich auch frisch rasiert und sich dabei am Hals geschnitten. Man sah den Schnitt kaum, doch der Vater hatte bereits beim Apéro lachend darauf hingewiesen mit der Bemerkung, dass seine Augen immer schlechter würden. Er war fröhlich, goss ständig Wein in alle Gläser, auch in die vollen, und die Mutter strahlte. Unser Kleines ist nun schon ein Vierteljahrhundert alt, sagte sie, und ihre Augen leuchteten stolz. Ich erinnere mich an deine Geburt, als wäre es gestern gewesen. Der schönste Tag meines Lebens. Weisst du noch, Paul, richtete sie sich an den Vater, wie wir das kleine Ding in den Armen hielten? Der Vater nickte bedeutsam in die Runde, sein Blick blieb auf Kleo ruhen, wie könnte ich das vergessen. Er seufzte und Ernst kicherte.

Du warst so klein, so winzig. Die Mutter deutete an, wie sie ein Baby auf dem Arm hielt, und wiegte es hin und her. Und jetzt bist du plötzlich so erwachsen! Mutters Augen waren feucht und glänzten, vermutlich würde sie bald weinen. Kleo blickte sich zu den Nebentischen um. Weine nicht!, zischte sie, doch die Mutter hörte sie nicht. So erwachsen, wiederholte sie, und Tränen perlten aus ihren Augen, vereinten sich mit Wimperntusche und flossen dunkel über ihre Wangen.

Als Kleo in der Nacht nach der kleinen Geburtstagsfeier neben Ernst im Bett lag, war sie schlaflos. Das Mondlicht drängte durch die Spalten der Rollläden und bestrich alles im Raum mit einem bleichen Schein. Ein silberner Speichelfaden lief aus Ernsts halbgeöffneten Lippen, Kleo konnte es genau erkennen. Er schnarchte leise. Sie drehte sich weg und schloss die Augen. Sie sass am Tisch, inmitten ihrer Lieben, strahlte, zeigte ihre Zähne und stiess an, auf ihre Geburt, das Vierteljahrhundert, das Glück und so weiter. Die Gläser klirrten, prost, auf dich, die Mutter lachte, und Ernsts Schnarchen pfiff an Kleos Ohr. Es pfiff in einem zuverlässigen Rhythmus, leise, sanft. Mit einem Ächzen drehte sich Kleo um, starrte auf das schlafende, glattrasierte Gesicht mit dem halbgeöffneten Mund. Sie knuffte Ernst, einmal normal und einmal fest, aber er wachte nicht auf.

Am Morgen, es war ein Sonntag, sassen Kleo und Ernst zusammen in der kleinen Küche und brunchten. Kleo war es, als könne sie nicht aus ihrem Kopf hinausschauen. Der Tag draussen war weiss.

Hast du einen Kater?, fragte Ernst.

Sie ignorierte seine Frage und rührte in der Müslischale. Uhrzeigersinn. Die kleinen Flocken schwammen im Strudel der Milch, wurden schneller, je schneller Kleo rührte. Dann schlug der Löffel in die andere Richtung. Der erste Milchstrom traf auf den zweiten, die Wellen schlugen hoch und flossen, zu einem neuen Strom vereint, in die andere Richtung weiter.

Hey, Ernst, sagte sie, ohne den Blick zu heben, lass uns das Ganze nicht so eng sehen.

Was denn?, fragte er.

Sie hob den Löffel. Die kleinen Haferflocken trieben weiter im Kreis.

Das mit der Beziehung.

Ach so.

Er griff zur Kanne und goss sich Kaffee nach.

Willst du auch?

Sie schüttelte den Kopf. Dann schaute sie in sein Gesicht. Er lachte sie liebevoll an, seine Zahnstellung war perfekt.

Ich bin jung, sagte Kleo, weisst du. Ich brauche mehr Abwechslung.

Ernst war fünf Jahre älter, schon dreissig, und verstand das Problem gut.

Können wir machen, meinte er.

Sie einigten sich darauf, dass beide ab sofort auch andere Menschen zu Dates treffen durften. Und vielleicht, wenn es sich so ergeben würde, auch zu mehr. Aber nur mit Kondom, sagte Kleo mit erhobenem Finger. Ernst neckte sie: Da ist er wieder, der Lehrerinnenfinger, und sie lachten beide. Sie versprachen sich gegenseitig, sich bei allen Plänen auf dem Laufenden zu halten.

Nach dem Brunch sagte Kleo zu Ernst, dass sie noch Hausaufgaben korrigieren musste, und er verabschiedete sich.

Kleo nahm die Amaryllis vom Sims, stellte sie auf den Boden und öffnete das Fenster. Die Möwen flatterten, sie schrien, und es klang wie Kinderlachen. Das Treiben amüsierte Kleo gewöhnlich, sie versuchte häufig ihren Spiralen mit dem Blick zu folgen, bis ihr schwindlig wurde, manchmal ahmte sie auch das Kreischen nach. Doch an diesem Tag drückte die bereits aussergewöhnlich starke Januarsonne durch die weisse Wolkendecke, drückte auf den Kopf, drückte in die Augen, blendete. Sie schloss das Fenster, liess den Rollladen bis auf halbe Höhe herunter und setzte sich auf die Couch am Fenster.

Ernst würde keine andere Frau treffen. Sie war sein Ein und Alles, das zeigte er ihr deutlich und unverändert seit sechs Jahren. Er lachte über all ihre Witze, bewunderte ihren Verstand, ihr Aussehen, die er beide scharf nannte. Und ihr Haar. Niemand hat so schönes goldenes Haar wie du. Er liebte sogar ihre schiefe Zahnstellung und neckte Kleo, bis sie die Lippen hob und ihm lachend die Zähne zeigte, was sie sonst nie freiwillig tat. Ich liebe dein Raubtiergebiss, sagte er dann, und Kleo versuchte ihn zu beissen.

Ausserdem gab er ihr immer recht. Kleo konnte aus dem Nichts Streit mit ihm anfangen, und wenn sie später darüber redeten und Kleo ihm sagte, Ernst, du hast das und das gemacht, dann meinte er immer: Tut mir leid, Baby, du hast recht. Du hast recht, Baby, hatte er gesagt, als sie die Beziehung öffnete. Wenn du mehr Abwechslung brauchst, dann machen wir das. Ernst wollte nur sie und fertig.

Kleo erhob sich, ging ins Bad, wühlte dort eine Weile in einer Kiste mit Kosmetikartikeln herum, bis sie einen

Lippenstift hervorzog. Sie musste ihn voll aufdrehen, nur noch ein kleiner Stummel war da. Etwas zwischen Pink und Rot. Sie schmierte den Stummel über die Unterlippe, rieb dann die Unterlippe an der Oberlippe und verfeinerte mit dem Finger den Amorbogen, bis die Farbe perfekt sass. Sie küsste ein paarmal in die Luft. Dann beugte sie sich vor und küsste ihr Spiegelbild. Als sie den Abdruck am unteren Spiegelrand betrachtete, lächelte sie zufrieden. Sie ging zurück ins Wohnzimmer, holte die Schultasche hervor und begann die Aufsätze ihrer Schüler zu korrigieren.

Später probierte Kleo ihre alten Partyoutfits an, glitzernde und samtene Kleider, die sie schon lange nicht mehr getragen hatte. Am schönsten war der schillernde Overall – er war ihr früher immer etwas zu gross gewesen, nun sass er wie eine zweite Haut. Kleo bewegte sich, drehte sich und beobachtete im Spiegel, wie ihre Glieder den elastischen Stoff dehnten und ihre Muskeln sich spannten. Sie hörte Musik, spazierte durch die Wohnung, der alte Parkettboden knarrte laut bei jedem Schritt. Jedes Mal, wenn sie an einem Spiegel vorbeikam, zwinkerte sie sich zu, verzog dann den Mund und lachte über sich selbst.

Dabei bekam sie plötzlich Lust zu rauchen, so wie früher. Es war jahrelang ihre schlechte Angewohnheit gewesen, die sie aber aufgegeben hatte, weil es anscheinend die Zähne gelb machte. In einer Handtasche fand sie schliesslich eine alte Schachtel Zigaretten. Sie setzte sich auf den Fenstersims, liess ein Bein in die Tiefe baumeln und rauchte. Der alte Tabak schmeckte eklig, trotzdem fühlte es sich gut an, den Rauch auszublasen und die Asche in die Luft zu schnippen.

Unten ging eine Nachbarin vorbei. Es war die alte Frau, die ein Stockwerk unter Kleo wohnte, sie kreuzten sich manchmal im Treppenhaus. Die Frau hatte Haarausfall, Kleo konnte die kahle Stelle am Hinterkopf genau erkennen. Als hätte sie den Blick gespürt, blieb die alte Frau plötzlich stehen und starrte nach oben. Sie fuchtelte mit der Hand und rief etwas. Kleo verstand nicht, was die Frau sagte. Sie winkte ihr zu, drückte die Zigarette aus, stieg vom Sims und schloss das Fenster.

An einem Wochenende im Februar führte die Lehrerschaft von Kleos Sekundarschule einen Teamevent durch. Lange wurde im Lehrerzimmer debattiert, ob es nicht zu früh sei, in die Berge zu fahren. Doch in diesem Jahr war der Winter besonders frühlingshaft warm, und der Schnee war bereits landesweit bis auf fast 1800 Meter Höhe weggeschmolzen. Zudem war für jenes Wochenende Sonne angesagt, und mit gutem Schuhwerk wäre auch der Schneematsch an den schattigen Bergflanken kein Problem. Es gibt keine schlechten Bedingungen, sagte der Schulleiter, nur schlechte Ausrüstung.

Besammlung war um sieben Uhr früh beim Hauptbahnhof. Kleo war noch früher unterwegs, kurz nach sechs, denn Kleo hatte allein mit der Möglichkeit, zu spät zu kommen, ein Problem. Sie durchquerte die grosse Bahnhofshalle, ging unter dem dicken Schutzengel, der friedlich an der Decke hing, durch, als sie plötzlich stolperte und hinfiel. Ein paar betrunkene Jugendliche, die auf den Bänken in der Halle herumsassen, zeigten mit dem Finger auf sie und lachten. Kleo beachtete sie nicht, richtete sich auf, wollte weiter, aber wieder stolperte sie über den linken Fuss: Die Schuhsohle hatte sich gelöst. Sie flappte bei jedem Schritt auf und ab wie eine leckende Zunge, und das vertrocknete Material unter der Sohle bröckelte zu Boden. Der Wanderschuh war im Arsch.

Sofort dachte Kleo an Ernst. Ernst hatte kleine Füsse und Kleo ziemlich grosse. Viel zu gross für eine Frau, das sagte die Mutter ständig, von der Kleo diese Grossfüssigkeit geerbt hatte.

Ernsts und Kleos Füsse trafen sich bei der gleichen Nummer. Es war diese Gemeinsamkeit gewesen, die sie vor sechs Jahren zusammengeführt hatte, als Kleo beim Tanzen jemandem auf die Füsse getreten war, sich entschuldigte, der Betreffende sich sofort ebenfalls entschuldigte – tut mir leid, nein, mir tut es leid –, sich dann beide anlachten und später im Morgengrauen zusammen heimgingen. Kleo hastete los, Ernst wohnte gleich hinter dem Bahnhof. Die Jugendlichen grölten, als sie an ihnen vorbeirannte, und einer warf ihr eine leere Bierdose hinterher.

In Ernsts Wohnung war in der Küche noch Licht, es roch nach Zigarettenrauch und etwas Süsslichem, vermutlich Räucherstäbchen, vielleicht hatte er auch wieder gekifft. Auf dem Tisch zwei Sektflaschen, zwei halbleere Gläser, in der Spüle Teller mit Tomatensauce. Kleo lehnte einen Moment im Türrahmen, schüttelte den Kopf und lächelte. Dann öffnete sie das Fenster, liess Wasser über die Teller laufen und löschte das Küchenlicht. Sie hastete weiter zum Schuhschrank im Flur und wühlte durch Ernsts Sachen. Einen Wanderschuh hatte sie bereits gefunden, als sie plötzlich innehielt und horchte.

Kleo hatte angenommen, Ernst wäre aus und immer noch feiern. Ihr Lieblings-DJ legte auf in dieser Freitagnacht, und Ernst hatte mit ihr hingehen wollen.

Er hatte lange auf Kleos Schulleiter geschimpft und genauso lange versucht, sie umzustimmen. Baby, lass doch mal diese Lehrer. Scheiss aufs Wandern, sag, du bist krank. Kleo verdrehte die Augen. Geh doch allein hin, hatte sie ihm geraten, und Ernst hatte mit den Schultern gezuckt, okay, wie du meinst.

Vielleicht hatte sie etwas gehört. Vielleicht auch gerochen. Jedenfalls wusste sie: Er war da. Sie schnupperte. Sie horchte angestrengt. Alles war ruhig. Doch dann eine Frauenstimme. Im Schlafzimmer. Und Ernst. Er kicherte.

Kleo krampfte zusammen. Ihr war auf einen Schlag eiskalt. Sie hörte das Kichern, hell und fröhlich, und ihr Körper erstarrte. Sie kauerte immer noch vor dem Schuhschrank. Weit weg, in der Ferne, spürte sie ihre Hände zittern. Etwas schlug wie wild an ihre Brust, schlug an die Ohren, von innen. Und plötzlich schoss es heiss in alle Zellen. Kleo schnellte hoch.

Ernst!, schrie sie.

Stille.

Sie stand jetzt vor der angelehnten Schlafzimmertür, den Wanderschuh in der Hand.

Ernst!, schrie sie.

Kleo wusste nicht, ob sie die Tür aufgerissen hatte oder nicht, doch sie sah die beiden, wie sie nackt dalagen. Ernst hielt die Frau an der Hüfte, ihre Gesichter waren sich ganz nah, dann plötzlich erschrocken Kleo zugewandt.

Ernst liess die Frau los, setzte sich auf und sagte zaghaft: Ja?

Du bist so ein Arschloch! So ein verficktes Arschloch!

Sie drehte sich um und stob Richtung Ausgang, schmetterte unterwegs den Wanderschuh in die Küche, die Gläser schlugen vom Tisch, zerbarsten.

Sie rannte aus der Wohnung, schlug die Tür zu, die Treppe hinunter, die lose Schuhsohle flatterte.

Oben hörte sie Ernst rufen: Baby, was ist denn los?

Sie stürzte aus dem Haus. Du Arsch!, schrie sie nach oben, und das war das Ende der offenen Beziehung.

Kleo zerrte die Amaryllis aus dem Topf, feuchte Erde tropfte zu Boden, hinterliess eine schwarze Spur bis in die Küche. Sie schmiss das Ding in den Mülleimer.

Doch als sie den Deckel auf den Eimer setzen wollte, sah sie die bleichen weissen Wurzeln der Amaryllis, wie sie nackt und hilflos aus dem Müll ragten. Kleo bückte sich nach der Knolle, trug sie zurück ins Wohnzimmer und setzte sie wieder in ihren Topf. Der fleischige Stängel war zwar durch den Sturz geknickt, doch als Kleo sanft mit dem Finger über den erdigen Körper fuhr, spürte sie, dass daneben bereits ein zweiter Stängel im Begriff war, auszuschlagen.

Kleo schrieb in den Familienchat, der aus Mami, Papi und Kleo bestand: Habe mich von Ernst getrennt.

Die Mutter rief sofort an und wollte wissen, was denn los sei.

Wir passen einfach nicht zusammen, erklärte Kleo.

Die Mutter lachte und sagte: Kleoparda! Schau dir mal den Paul und mich an. Wir passen auch nicht zusammen, aber wir lieben uns. Und schau mal, was aus unserer Liebe geworden ist: Du! Du bist ein Leopard, eine Königin! Dein Vater und ich sind unterschiedlich, aber du hast von uns beiden das Beste. Gell, Paul, rief sie im Hintergrund dem Vater zu, unser Kleines hat von uns beiden nur das Beste geerbt! Sie kicherte, und dann sagte sie wieder zu Kleo: Das ist Liebe, mein Schatz.

Ihr seid auch Eltern, sagte Kleo, da müsst ihr euch lieben. Oder so tun, als ob.

Die Mutter lachte wieder und sagte: Ach, mein Kleines, sei nicht so eingeschnappt. Das wird schon wieder mit dem Ernst, da bin ich mir sicher. Ihr seid ja schon ewig zusammen. Das darf man nicht einfach wegwerfen. Sonst kann ich ihn auch mal anrufen, wenn du magst, und mit ihm reden.

Kleo lehnte dankend ab und sagte, sie habe Essen auf dem Herd. Sie wechselten noch kurz zwei abschliessende Sätze über die Arbeit und legten auf, bevor Kleos imaginäre Spaghetti überkochten.

Auf dem Foto waren der Vater und die Mutter auf ihrer Hochzeitsreise zu sehen, beide strahlten vor Glück und Jugend. Im Hintergrund ragte eine Pyramide ins orange Abendlicht. Deswegen heisst du Kleoparda, hatte die Mutter Kleo als Kind häufig erklärt und mit dem Finger auf die Pyramide gezeigt. Ähnlich wie die ägyptische Königin. Ähnlich, mein Schatz, aber nicht gleich. Du heisst auch wie der Leopard, das war die Idee vom Papa. Denn du bist was Besonderes, mein Schatz.

Die Mutter hatte damals schon die Haare gefärbt, doch auf dem Bild liess das gelbe Blond sie noch jugendlich aussehen. Der Vater trug ein Tropenhemd und eine Pilotenbrille. Er war schlaksig, schlecht rasiert und grinste verwegen.

Ein paar Seiten weiter klebten Fotos von der Mutter, wie sie im Spital lag und wie irre strahlend die neugeborene Kleo an sich drückte. Kleo war ein hässliches Baby gewesen, das war auf den Nahaufnahmen ihres weinenden Gesichtes deutlich zu erkennen. Kleo klappte das Album zu, schmiss es unter die Couch. Es war ziemlich dunkel im Raum, die Rollläden blieben während des ganzen Wochenendes geschlossen. Trotzdem wuchs der neue hellgrüne Stängel der Amaryllis um sicher zwei Zentimeter.

Kleos Kolleginnen waren enttäuscht, das zeigten ihre Kommentare im Lehrerchat. Das ganze Wochenende empfing Kleo Bilder aus Engelberg und dazu Sprüche wie: Bergluft hilft dem Immunsystem. Kleo wusste, wie sie das meinten, schliesslich war sie bereits beim Minigolfausflug krank gewesen. Doch als die Kolleginnen am Montag ihr Gesicht sahen, wünschten ihr alle gute Besserung, und einige fragten, ob dieser Schnupfen nicht ansteckend sei. Ich befürchte es, erwiderte Kleo, und sie liessen sie in Ruhe.

In der Zehnuhrpause sass sie im Lehrerzimmer etwas abseits am Tischende.
 Isst du denn gar nichts?, fragte Brigitte, eine mittelalte Kollegin mit schulterlangen grauen Haaren und einer orientalisch gemusterten Baumwollbluse, die am anderen Tischende sass und Kleo sorgenvoll musterte.
 Doch, doch, sagte Kleo und deutete auf den Joghurtbecher, der ungeöffnet vor ihr auf dem Tisch stand. Dann erhob sie sich und verliess den Raum.

Vor der Lehrerinnentoilette stand ein Putzwagen. Als Kleo trotzdem den Kopf in den Raum steckte, fuhr sie der Hauswart an: Hier wird geputzt! Sie sehen ja den Wagen! Kleo ging zur Schülerinnentoilette.

Auf der Klobrille glitzerten mehrere kleine gelbe Tropfen. Sie rümpfte die Nase, wischte die Spritzer mit Klopapier ab, legte danach fein säuberlich zwei Lagen Papier auf den Ring und setzte sich. Als sie sass, stützte sie ihren Kopf in die Hände und atmete tief ein und aus. Sie rieb sich die Schläfen, atmete ruhiger.

Da krachte plötzlich die Tür auf.

Alte, schon wieder Montag, sagte eine Schülerin.

Ich bin viel zu müde, stöhnte ihre Freundin. So kein Bock.

Jemand versuchte, die Tür zu Kleos Kabine zu öffnen.

O nein, hier ist besetzt!

Die Mädchen warteten, unterhielten sich einen Moment.

Bis eins rief: Was ist denn da los? Da sitzt eine voll lang.

Hallo! Es wurde an der Tür gerüttelt.

Die Mädchen kicherten.

Alte, ich piss mir noch in die Hose.

Hallo! Diesmal polterten sie mit ihren Fäusten an die Tür.

Dann sagte das zweite Mädchen: Komm, gehen wir zum anderen Klo. Hier hat sicher eine Durchfall. Da will ich gar nicht mehr aufs Klo. Wieder kicherten beide. Viel Glück!, riefen sie zur Kabine, verliessen den Raum, und die Tür knallte hinter ihnen zu.

Als die Schülerinnen weg waren, setzte Kleo ihre Füsse auf den Boden. Ganz intuitiv hatte sie sie hochgehoben, war verkrampft dagehockt, ihre schönen Lederschuhe waren schliesslich einzigartig. Dann zog sie ihre Hose hoch und öffnete vorsichtig die Tür.

Vor dem Waschbecken musterte sie sich im Spiegel. Unter ihren Augen waren dunkle Schatten. Mechanisch hob sie die Lippen. Sie grinste in den Spiegel und verharrte ein paar Sekunden. Dann blies sie die Backen auf, schüttelte die Kiefer, ihr Gesicht verfiel wieder in den vorherigen Ausdruck. Sie nahm ihr iPhone und schrieb ihrer besten Freundin eine Nachricht: Hast du heute Zeit?

Felicitas war online, antwortete sofort: Ja, aber nicht allzu lange.

Kleo kannte Felicitas schon seit sieben Jahren. Damals, es war kurz nach Kleos Schulabschluss gewesen, ging es Kleo nicht so gut. Sie wusste nicht, was sie mit ihrer frisch erworbenen Matura anfangen sollte. Du kannst damit alles machen, sagten die Eltern, du bist ja so begabt. Doch Kleo sass zu Hause und tat nichts. Sass auf der Couch, ohne sich nützlich zu machen.

Bald wurde sie von den Eltern in Therapie geschickt. Dafür brauchst du dich nicht zu schämen, sagten sie. Jeder und jede kann schliesslich mal eine Zeitlang die Orientierung verlieren, eine Therapie ist nichts Peinliches. Heutzutage machen sowieso mehr Leute eine Therapie, als man denkt.

Felicitas Fürst war damals noch nicht ganz dreissig, kam direkt von der Uni, und die beiden verstanden sich auf Anhieb. Sie sind ein Glied der Gesellschaft, sagte Frau Fürst. Sie sass auf einem schwarzen Ledersessel, trug einen mintfarbenen Blazer, die Brille auf der Nasenspitze, lächelte wohlwollend. Sie müssen sich nützlich machen. Wissen Sie, Faulenzen macht nicht glücklich. Kleo nickte. Bald begann sie das Lächeln zu erwidern, und bereits nach drei Sitzungen entschloss sie sich zu einem Studium an der Pädagogischen Hochschule. Es war naheliegend: Kleo mochte Kinder, und ihre Eltern waren auch Lehrer. Sie schrieb sich an der PH ein.

Frau Fürst hatte Kleo in der letzten Stunde ihre Handynummer gegeben: Melden Sie sich, wenn Sie das Gefühl haben, es gehe Ihnen nicht gut. Manchmal fragte sich Kleo, ob es Feli gefallen hätte, wenn sie die Therapie fortgesetzt hätte. Sind Sie sicher?, hatte Felicitas gesagt, als Kleo meinte, sie sei nun wieder glücklich. Doch Kleo ging es tatsächlich ausserordentlich gut, und sie wollte Felicitas an diesem Glück teilhaben lassen. Sozusagen als Dankeschön, denn schliesslich war sie diejenige, die sie zu dieser Hochform gebracht hatte.

Auf die ersten Fotos, die Kleo ihr aus ihrem Alltag schickte, antwortete Felicitas relativ knapp mit »schön, dass es Ihnen gutgeht, Kleoparda«. Doch irgendwann begann sie Kleo ebenfalls zu duzen, und ihre Antworten wurden länger. Kleo freute sich sehr, als Felicitas zum ersten Mal etwas Persönliches aus ihrem Leben erzählte. Kleo hatte ihr von ihrem neuen Freund Ernst berichtet, und als Antwort gab Felicitas ein Beispiel aus ihrer eigenen Beziehung preis. Ich kenne das von meinem Schatz, schrieb sie, dazu ein Zwinkersmiley.

Für das erste Treffen nach der Therapie brauchten die beiden einen Vorwand. Felicitas wollte Kleo ein Buch leihen, einen Ratgeber über Selbstliebe, Selbstmotivation und so weiter. Zur Übergabe trafen sie sich in einem Café. Felicitas wirkte zuerst etwas angespannt und einsilbig. Sie meinte gleich zu Beginn: Weisst du, es geht eigentlich nicht, dass ich zu Patienten eine persönliche Beziehung pflege. Doch Kleo erinnerte sie daran, dass ihre Therapie ganz kurz gewesen war, nicht von Bedeutung und sowieso schon längst vergessen. Felicitas lächelte und bestellte für beide einen zweiten Mocaccino. Sie waren jetzt Freundinnen.

Am Montagabend trafen sich Kleo und Felicitas nach der Arbeit im Starbucks am Central. Feli hatte es vorgeschlagen, da der Standort praktisch wäre: Kleo kam von ihrer Schule in der Agglo mit der S-Bahn zum Hauptbahnhof und Feli von ihrer Praxis mit dem Tram vom Seefeld. Doch Kleo wusste, dass Feli eigentlich wegen der süssen Getränke zu Starbucks wollte, auch wenn sie das nicht offen zugab, weil es ungesund war.

Felicitas sass da, strenger Pferdeschwanz, die Brille etwas zu weit vorn auf der Nase, wie immer, wenn es um Probleme ging. Also, was ist denn los?, fragte sie.

Kleo berichtete vom Ende der Beziehung mit Ernst, erzählte alle Details, während Felicitas geräuschlos an ihrem Mocaccino schlürfte und Kleo dabei nicht aus den Augen liess.

So ein Scheissarschloch!, schloss Kleo.

Felicitas zeigte keine besondere Reaktion darauf, dass

Kleo ihr erst jetzt von der Sache mit der offenen Beziehung erzählte. Von wo hast du denn diese Schnapsidee?, fragte sie nur.

Kleo erklärte ihr, dass sie von vielen Kolleginnen gehört und auch im Internet gelesen habe, dass so was sehr spannend sein könne. Sie habe Aufregung gesucht und niemals damit gerechnet, dass Ernst sie so kalt betrügen und links liegenlassen würde.

Wie man sich in Menschen täuschen kann, sagte Kleo.

Kleoparda, sagte Felicitas, sie war ernst geworden und musterte Kleo forschend. Du musst dir bewusst sein, dass du ihn dazu getrieben hast.

Ich? Kleo wurde fast laut. Er hat die einfach so gevögelt, ohne mich zu fragen, das egoistische Schwein!

Ich glaube, du tust ihm unrecht, sagte Felicitas ruhig. Bestimmt ist er sehr traurig und vermisst dich.

Kleo schnaubte. Und wennschon ...

Weisst du, fuhr Felicitas fort, vielleicht wollte er gar keine offene Beziehung. Ich weiss aus meiner Arbeit, dass sich viele Paare, die polygam leben, etwas vormachen. Wir sind egoistische Wesen und dazu veranlagt, von unseren Partnerinnen und Partnern alles zu fordern, die Einzigen sein zu wollen. Teilen geht nicht. Die wenigsten Paare können teilen, insbesondere im sexuellen Bereich. Und dann ist es meistens nur einer der Partner, der darauf steht, und die andere Person passt sich an und leidet insgeheim. Meistens die Frau, übrigens.

Sie schaute Kleo direkt in die Augen und sagte: Du weisst, dass du mit solchen Überlegungen immer zu mir kommen kannst. Ich hätte dir von Anfang an sagen können, dass das nicht zu dir passt.

Danke, sagte Kleo.

Nun ruf ihn doch mal an, den Ernst. Es ist ja schade, sechs Jahre Beziehung einfach so wegzuwerfen. Du weisst ja, Beziehung ist Arbeit.

Der kann mich mal am Arsch lecken.

Ach, Kleo … Felicitas schüttelte den Kopf.

Sorry, sagte Kleo. Sie grinste, aber nur mit den Zähnen.

Komm, lächelte ihr Felicitas aufmunternd zu, sei nicht so eingeschnappt. Ich bin mir sicher, das wird wieder.

Als Kleo nach dem Treffen zu Hause ankam und das Treppenhaus betrat, ging vor ihr die alte Nachbarin die Stiege hoch. Sie war seltsam dürftig gekleidet, ihr Umhang sah aus wie ein alter Morgenmantel, doch Kleo war sich nicht sicher, vielleicht war es auch kein Morgenmantel. Sie drosselte ihr Tempo, ging hinter der Frau her, studierte den Stoff, konnte sich nicht entscheiden, ob es Samt war oder Frottee. Die Frau hielt sich am Geländer fest und zog sich Stufe für Stufe hoch, ihr rechtes Bein schien steif zu sein oder zumindest etwas lahm. Erst als die Frau ihr Stockwerk erreicht hatte und in ihrer Tasche nach dem Schlüssel suchte, überholte Kleo sie.

Guten Abend, sagte sie beim Vorbeigehen.

Die Frau drehte sich um und musterte Kleo, die Augen ganz verkniffen. Als sich ihre Blicke trafen, grinste sie, sagte: Na, du Schätzchen, hast du Hunger? Sie machte bss, bss, und es schien, als wollte sie kurz sogar die Hand nach Kleo ausstrecken.

Kleo war sich nicht sicher, ob sie richtig gehört hatte, sie wandte den Blick ab und ging wortlos weiter. Doch auf dem nächsten Zwischenboden schielte sie unauffällig nach unten: Die Frau beachtete sie nicht weiter, öffnete ihre Tür, aus der Wohnung drangen scharrende Geräusche, und die Frau machte wieder bss, bss. Ihr Haar war noch lichter geworden, Kleo sah es genau, der Hinterkopf glänzte nackt und rosa. Dann verschwand die Nachbarin in ihrer Wohnung, und Kleo ging nach oben.

Zu Hause setzte sie sich auf die Couch und blickte aus dem Fenster. Es war unterdessen dunkel geworden, und die Lichter des Lochergut-Hochhauses gegenüber leuchteten in die graue Nacht. Kleo mochte die Aussicht: Das Lochergut war der einzige Ort in der Stadt, der eine coole Skyline hergab, ein bisschen wie in einer Grossstadt. Auf einigen Balkonen blinkte das ganze Jahr über bunter Weihnachtsschmuck. Niemand war draussen, trotzdem sah es lebendig aus.

Der geknickte Stängel der Amaryllis hatte sich wieder aufgerichtet, daneben drängte sich nach dem zweiten Stängel bereits eine dritte Spitze aus der Knolle. Kleo drückte den Zeigefinger in die trockene Erde, zog ihn wieder raus, nichts war kleben geblieben. Sie nahm ihre Trinkflasche aus der Schultasche und goss den restlichen Inhalt in den Topf, da läutete ihr Handy. Es war die Mutter.

Hallo, mein Schatz, wie war dein Tag?

Gut, sagte Kleo.

Wie waren deine Kinder?

Wie immer.

Die Mutter lachte. Meine auch.

Dann fragte sie: Und, hast du's mit Ernst wieder geklärt?

Nein.

Ach, Liebes, rede doch mal mit ihm. Reden ist immer das Beste! Das weisst du doch. Man darf nicht alles in sich hineinfressen, man muss mit seinem Partner kommunizieren. Du bist doch sonst immer so konfliktfähig, ruf ihn doch mal an. Oder weisst du was, schreib ihm einen Brief! Der Paul und ich haben immer viel in unseren Briefen geklärt.

Ich hatte noch keine Zeit, Mami.

In einem Brief kannst du alles sagen.

Ich muss jetzt aufhören, sagte Kleo. Ich muss noch vorbereiten.

Da hast du recht. Du bist eine tolle Lehrerin, Kleo, sagte die Mutter. Und das mit Ernst wird schon wieder!

Ernst schrieb Kleo: Wir müssen reden.

Kleo antwortete nicht.

Bitte, schrieb er.

Dann rief er an, Kleo ging nicht ran.

Komm, geh ran. Wir müssen reden.

Wieso gehst du nicht ran?

Du kannst mich nicht einfach ignorieren.
Soll ich zu dir kommen?
Ich komme zu dir!
Bist du zu Hause?
Er rief an. Einmal, zweimal.
Was läuft mit dir?
Fuck you.

In den Sportferien blieb Kleo zu Hause. Die Rollläden liess sie meist geschlossen, sie nutzte die Zeit hauptsächlich zum Schlafen, was sie gegen Ende der Ferien im Hinblick auf ihre Arbeit etwas in Verzug brachte. Am letzten Sonntagabend vor Schulbeginn sass Kleo im Pyjama am Schreibtisch und bereitete die Deutschstunde für den nächsten Morgen vor. Lehrersein ist keine Arbeit, hatten die Eltern schon immer gesagt, es ist eine Berufung. Kleo hatte diese Haltung verinnerlicht und freute sich auf die Kinder, wenn sie morgens mit der S-Bahn raus aus der Stadt zur Schule in die Agglo fuhr. Verständnisvoll lächelnd stellte sie sich vor die Klasse und fragte, was die Kinder beschäftige, was ihre Sorgen seien, ihre Träume.

Habt ihr Fragen?

Doch von den Kindern kam keine Reaktion.

Im Lehrerzimmer machten sie Witze darüber: Man müsse den Kids ständig auf den Brustkorb schauen, um zu sehen, ob sie überhaupt noch atmen. Oder einen Spiegel vor den Mund halten. Die Kolleginnen und Kollegen lachten, und auch Kleo lachte, aber nur mit den Zähnen, denn eigentlich nagte es innerlich an ihr.

Unterdessen war es spät geworden, weit nach Mitternacht, doch Kleo sass immer noch am Schreibtisch und bereitete den Unterricht vor. Am nächsten Tag würde sie der Klasse einen Zeitungsartikel mitbringen, aus einer echten Zeitung, mal nichts aus dem Schulbuch.

Denn die Dringlichkeit der Aktualität, da war sich Kleo sicher, würde die Schüler schon wachrütteln. Im Artikel ging es um die Klimakatastrophe.

In dieser Nacht schlief Kleo wenig, trotzdem trat sie am nächsten Tag munter vor ihre Klasse. Sie liess den Zeitungsartikel von einem Schüler vorlesen, das dauerte. Dann fragte sie die Kinder: Was ist eine Katastrophe?
Keine Reaktion.
Vielleicht hatten sie sie nicht gehört.
Kleo schrieb das Wort an die Tafel und wiederholte ihre Frage.
Weiss jemand, was eine Katastrophe ist?
Nun starrten alle auf ihre Hefte, und Kleo wusste, sie hatten sie gehört.
Emma, was heisst Katastrophe?, fragte sie die Klassenbeste.
Emma schüttelte abwesend den Kopf.
Und du Liam, eine Idee?
Nee, sagte Liam.
Kleo beantwortete ihre Frage schliesslich selbst. Nach einer Ausführung, in der sie auch die griechische Herkunft des Wortes nicht ausliess, nämlich Wendung, und dann die ganze Bedeutungswandlung des Begriffs ins Negative erklärte, fragte sie die Klasse: Und wenn ihr das so hört, was denkt ihr, was kann das für uns bedeuten?
Es war still im Raum, nur in den hinteren Reihen, wo die Gamer sassen, wurde leise gekichert, und ab und zu rief jemand »Yes!«, »Fuck!« oder »Alter!«. Die Kin-

der in den vorderen Reihen starrten auf ihre Hefte und schwiegen.

In der Pause fragte Kleo Felicitas auf WhatsApp, ob sie am Abend Zeit habe. Ja, antwortete sie, aber nur kurz.

Als Kleo zu Hause war, setzte sie sich auf den Fenstersims und rauchte. Sie hatte sich nach der Schule neue Zigaretten gekauft, es machte die Zähne nun auch nicht gelber als andere Sachen, wie zum Beispiel Tee. Unten gingen viele Menschen vorbei. Einige kannte Kleo, doch niemand schaute hoch. Da erschien plötzlich auf einem Balkon des Locherguts ein Mann. Er trug nur Boxershorts, rauchte ebenfalls, lehnte sich lässig an sein Balkongeländer, den bleichen Bauch herausgestreckt. Als er zu Kleo rüberblickte, warf sie ihre brennende Zigarette auf die Strasse, kletterte zurück ins Zimmer und schloss das Fenster. Sie legte sich auf die Couch und wartete, bis es Zeit war, Felicitas zu treffen.

An der Langstrasse war nichts los. Die Trottoirs waren leer, nur ab und zu hörte Kleo beim Vorbeigehen leisen Reggaeton aus den Lokalen, bei der Gotthard-Bar war es Rock. Kleo holte sich Falafeln, ass im Gehen. Nicht viel los heute?, hatte sie den Verkäufer gefragt, und er hatte mit den Schultern gezuckt.

Sie trafen sich gegen acht in einer Bar. Haben die hier auch Tee?, fragte Felicitas, als sie nach Kleo den Raum betrat und sich umschaute.

Bestimmt, meinte Kleo und geleitete sie zu einem abgelegenen Tischchen.

Wie geht es dir?, fragte Kleo Felicitas.

Sehr gut, sagte sie strahlend. Sie trug einen pastellfarbenen Lippenstift, passend zum lila Kaschmirpullover. Feli ging es immer sehr gut. Dann fügte sie hinzu: Du siehst aber nicht so gut aus. Das stimmte auch meistens, wenn Kleo sie nach einem Treffen fragte, aber Feli sagte es immer, auch ohne Kleo richtig anzuschauen. Kleo mochte es, es half ihr, sich zu öffnen.

Kleo nickte. Mir reicht's langsam mit meinem Job.

Hm, machte Felicitas, die Brille zu weit vorn auf der Nase, bereits am ersten Tag nach den Ferien! Wieso denn?

Diese Kinder sind für nichts zu interessieren. Kleben nur an ihren Smartphones, und im Unterricht hängen sie rum und sind stumm wie Fische. Wirklich, Feli! Das nimmt ein schlimmes Ende mit dieser Gesellschaft!

Felicitas winkte dem Bartender zu. Verveine-Tee!, rief sie und mit Blick auf Kleo: und ein Bier, ein kleines. Dann sagte sie: Was hast du gesagt?

Ich habe gesagt: Das nimmt ein schlimmes Ende mit dieser Gesellschaft.

Wieso denn?

Kleo erzählte ihr, was sich an diesem Morgen im Klassenzimmer ereignet hatte.

Hm, meinte Felicitas und rührte in ihrem Tee.

Schlimm, nicht wahr?, sagte Kleo.

Ich verstehe, dass du dich frustriert fühlst.

Ja!, rief Kleo. Ich habe echt keinen Bock mehr.

Hm, sagte Felicitas und hob mit dem Löffel den Teebeutel aus dem heissen Wasser. Sie drückte ihn mit dem Zeigefinger fest auf den Löffel und wickelte die Schnur des Beutels darum, zog und presste, bis der letzte Tropfen Tee in ihre Tasse fiel. Dann legte sie den geschnürten Beutel neben ihrer Tasse auf die Untertasse und den Löffel daneben, im rechten Winkel zur Tischkante. Sie hob ihre Tasse, blies darüber und stellte sie wieder hin. Aber denkst du nicht, sagte sie, dass du die Kinder vielleicht etwas überfordert hast mit deinen Ausführungen? Und ihr Blick sagte: Ich weiss besser Bescheid über dein Leben als du, aber ich helfe dir gerne, und die Nasenlöcher blähten sich kurz wohlwollend auf, wie ein Zwinkern.

Die sind alt genug, solche Dinge zu wissen, sagte Kleo und starrte auf Felis Nasenlöcher. Sie können das wissen, und sie müssen das wissen! Findest du nicht auch?

Ach, Kleoparda, sagte Felicitas, reg dich doch nicht so auf. Du hattest einfach einen schlechten Tag heute. Wahrscheinlich haben die Kids ja eh gewusst, worauf du hinauswillst. Die wissen doch, was eine Katastrophe bedeutet! *Come on.* Sie lächelte grosszügig. Aber du weisst ja, dieses schwierige Alter. Sie schob sich das Brillengestell mit dem Zeigefinger wieder hoch.

Kleo starrte auf Felis Nase, dann in ihr Glas. Es war fast leer. Sie nahm das Glas, hielt es leicht gekippt und schwenkte es. Der Schaum des letzten Schluckes schwang an den Wänden empor, blieb für den Bruchteil einer Sekunde im Zenit, als stünde die Zeit still, und floss dann zurück. Weisse Schaumlinien blieben am Glas kleben.

Anyway, sagte dann Feli, hast du noch was von Ernst gehört?

Kleo schüttelte den Kopf, ohne aufzuschauen.

Das wird schon wieder!, sagte Feli. Dann erzählte sie von ihrer eigenen Beziehung, Clemens und sie hätten sich gerade neue Vorhänge fürs Wohnzimmer ausgesucht, beige ist's geworden, obwohl sie auch off-white diskutiert hätten, trank dabei ihren Tee aus, bezahlte und ging. Clemens wartete zu Hause, vermutlich wollten sie zusammen die Vorhänge montieren. Kleo blieb noch sitzen für ein zweites Bier, aber ein grosses.

Kleo stand an der Wandtafel, das Schulzimmer war voller Kinder. Sie nahm eine Kreide und schrieb an die Tafel: Katastrophe. Darunter zeichnete sie mit der Kreide einen Punkt und schrieb in Grossbuchstaben ERSTENS und einen grossen Doppelpunkt. Die Kinder lachten. Liam warf eine halbvolle Bierdose nach vorn, sie pfiff an Kleos Kopf vorbei, schlug an die Tafel, fiel zu Boden, und gelbe Flüssigkeit floss heraus. Kleo starrte auf die schäumende Lache zu ihren Füssen, der Boden begann zu zittern. Sie wich zurück. Doch das gelbe Meer breitete sich aus, strömte als gewaltige Welle auf sie zu. Dann wachte Kleo auf.

Laute Musik drang durch die Wände, Kleo konnte sogar den Songtext verstehen. Sie stand auf und ging aufs Klo. *Oh baby, baby.* Beim Spülen schäumte gelbe Flüssigkeit in der Schüssel hoch, Kleo knallte den Klodeckel zu. Sie legte sich zurück ins Bett, stopfte Ohropax in die Ohren, doch trotzdem hörte sie alles. *I'm not that innocent.* Sie riss sich die Wachspfropfen wieder raus, stürmte aus der Wohnung und klingelte bei den Nachbarn auf dem gleichen Stockwerk. Sie klingelte mehrmals. *Oh baby, baby.* Drückte ihren Zeigefinger auf den Klingelknopf und liess ihn dort. Irgendwann wurde die Tür geöffnet.

Hallo, sagte der Typ an der Tür, besoffener Blick, buntes Hemd, vermutlich ein Student.

Könntet ihr bitte die Musik leiser machen?

Es ist Freitag.

Es ist schon zwei.

Alte! Er grinste. Entspann dich! Komm doch auch feiern, würd dir sicher guttun. Nicer Pyjama übrigens. Sind das Waschbären?

Euer Musikgeschmack ist beschissen.

Wow, sagte er.

Wenn in fünf Minuten nicht Ruhe ist, rufe ich die Bullen, sagte Kleo, drehte sich um und knallte ihre Wohnungstür hinter sich zu.

Die ganze Nacht dröhnte der Bass durch die Wände, und Kleo starrte müde an die Decke.

Die Amaryllis blühte noch nicht, obwohl alle drei Stängel in die Höhe geschossen waren und daneben bereits vier saftige Blätter aus dem Topf hingen. Die hellgrünen Stängel und Blätter zeigten vielerorts dunkle Flecke, teils auch Risse und Kerben. Das kam von der seltsamen Angewohnheit der Pflanze. Häufig, wenn morgens um sechs Uhr dreissig Kleos Wecker klingelte und sie mit halbgeschlossenen Augen zum Fenster tappte, um den Rollladen zu öffnen, stolperte sie im Dunkeln über die am Boden liegende Pflanze. Wenn Kleo dann Licht machte, sah sie die Amaryllis in Spritzern brauner Erde am Boden liegen. Die bleichen Wurzeln ragten in die Luft, immer noch leicht bebend, als hätten sie sich eben erst zum Sprung abgestossen. Jedes Mal kniete sich Kleo hin, schob die Erde mit den Händen zusammen, tat sie zurück in den Topf, setzte die Pflanze drauf und den Topf zurück auf den Fenstersims.

Du brauchst ein Hobby, sagte Brigitte, die mittelalte Lehrerkollegin, zu Kleo. Brigitte engagierte sich selbst sozial. In jeder Zehnuhrpause redete sie von ihrer Solidarität, die nämlich nicht wie bei so vielen nur eine theoretische war, sondern handfest. Dann beschrieb sie den Mehrwert ihres Engagements und schwärmte von der Dankbarkeit der »Andersgestellten«. Irgendwann biss Kleo an – die Erfüllung im Hobby, von der Brigitte sprach, klang verlockend.

Erfreut vermittelte Brigitte den Kontakt einer Hilfsorganisation für Geflüchtete. Kleo könne da als Lehrerin gut mithelfen, sagte sie, ehrenamtlich, doch man wisse sofort, warum man diese Hilfe leiste. Denn das Leuchten in den Augen der Menschen, denen man helfe, sei mehr als Dank genug.

Kleo meldete sich online an, und bald darauf wurde ihr jemand zugeteilt. Er hiess Amir und kam aus Afghanistan. Kleo nahm sogleich zu Amir Kontakt auf. Sie schrieben sich auf WhatsApp. Amirs Profilbild war eine rote Sonne über dem Meer, Aufgang, vielleicht auch Untergang, jedenfalls schön. Amir freute sich, dass Kleo ihm helfen würde, und Kleo freute sich, dass sich jemand über ihre Hilfe freute.

Sie schrieben sich auf Englisch, und Amir wünschte sich, dass Kleo ihm Deutsch beibringen würde. Kleo wollte ein erstes Treffen ausmachen, und Amir meinte, sie müsse dazu nach Urdorf kommen. Sie googelte die Verbindung nach Urdorf (Umsteigen in Schlieren) und fragte ihn, ob er nicht nach Zürich kommen könne.

Come to Urdorf, please, meinte er.

Kleo stieg in Oberurdorf aus. Sie war noch nie dort gewesen und überrascht, wie ländlich und abgelegen der Ort wirkte. Amir wartete an der Bushaltestelle. Er war etwa gleich gross wie Kleo, kräftig, kurzer, gepflegter Bart und insgesamt ein hübsches, einnehmendes Gesicht. Er winkte und strahlte, als sie auf ihn zuging.

Zur Begrüssung gaben sie sich die Hand. Komm, komm, sagte er dann und führte Kleo zur Scheune eines Bauernhofes, die gleich neben der Bushaltestelle war. Wir können da arbeiten, meinte er. Das habe ihm der Bauer angeboten, weil er im Stall mithelfe. Muttertierhaltung, alles bio! Amir sprach sehr gut Deutsch, das hatte Kleo nicht erwartet.

In der Scheune waren Tische und Bänke, und es gab auch eine Kaffeemaschine. Amir bewirtete Kleo, zu ihrem Café crème legte er einen Keks dazu, und sie lächelte gerührt. Der Stallgeruch erinnerte sie an die Ferienlager ihrer Kindheit, Schlafen im Stroh, kuhwarme Milch, Cervelats und so weiter. Sie redeten über den Hof, die Tiere, über die Bauernfamilie. Das sind gute Leute, sagte Amir. Seine Augen waren tief und warm.

Amir hatte in Kabul Tiermedizin studiert und wurde dann zur Flucht getrieben. Von der Flucht und seiner Vergangenheit erzählte er nichts, und Kleo fragte nicht nach. Dafür erzählte er von seinen Plänen für die Zukunft. Er wollte besser Deutsch lernen, damit er ein Zertifikat bekomme, das ihm erlauben würde, an der Universität Zürich Veterinärmedizin zu studieren. Obwohl er ja schon Tierarzt war. Er lachte, aber nur mit den Zähnen.

Was ist dein Lieblingstier, Amir?, fragte Kleo, um die Stimmung wieder zu heben.

Da erzählte er von den Schafen seiner Kindheit in Afghanistan. Die haben liebe, sanfte, grosse Augen.

Kleo versprach ihm, ihn innerhalb eines halben Jahres auf das Niveau C1 des Goethe-Zertifikats zu bringen.

Danke, sagte Amir, du bist so nett.

Es entstand eine kurze Pause. Dann fragte Amir: Bist du eine ägyptische Königin?, und lachte. Kleopatra, Freundin von Cäsar?

Kleoparda, korrigierte ihn Kleo. Wie die Raubkatze, einfach mit K.

Sie machten einen neuen Termin aus, und Kleo fragte ihn, ob er sich in Zürich auskenne.

Ich kann nicht nach Zürich kommen, meinte Amir.

Wieso nicht? Sie stellte sich vor, wieder diesen Weg nach Urdorf zurücklegen zu müssen, in ihrer Freizeit. Zürich wäre besser, sagte sie.

Ich darf nicht aus Urdorf raus. Amirs Gesichtsausdruck wurde dunkel. Ich wohne in der Notunterkunft. Wir dürfen die Gemeinde nicht verlassen.

Nach dem ersten Treffen verging eine Woche. Amir schrieb Kleo häufig auf WhatsApp.

Kleo sendete ihm Bilder von den Möwen, die über dem Lochergut kreisten. Die grauen Vogelkörper vor dem blauen Himmel erinnerten sie an Strandferien, und Kleo schaute auf Google Maps nach, ob Afghanistan am Meer lag. Er sendete ihr kleine Tieremojis, das Schäfchen, das Kätzchen. Oder GIFs von Welpen. Und jeden Tag sendete er mindestens einmal seinen Live-Standort. Kleo wunderte sich, warum er das tat, es war ja klar, dass er sich innerhalb der Urdorfer Gemeindegrenzen befand. Erst nach ein paar Tagen begriff sie, dass dies wohl die Aussage war, und sie erkundigte sich nach den Bedingungen der Notunterkunft. Noch am gleichen Tag ging sie zu Orell Füssli, wo sie das teuerste Lehrmittel für Deutsch als Zweitsprache mit garantiertem Lernerfolg kaufte.

Kleo schickte Feli ein Foto von der Amaryllis. Wieder war die Pflanze aus ihrem Topf gesprungen und lag bleich in einer Lache brauner Erde auf dem Parkettboden, die langen Blätter verrenkt.

Die ist voll suizidal, schrieb Kleo zu dem Bild. Dazu ein tränenlachendes Smiley. Feli antwortete: Mensch, Kleo, kauf der armen Blume mal einen anständigen Topf.

Als Kleo an der Bushaltestelle ankam, wurde es bereits dunkel. Sie stieg aus dem Bus und sah sich um, Amir war nicht da. Sie rief ihn sofort an, befürchtete, den ganzen Weg vergebens hergefahren zu sein.

Ich komme, ich komme!, sagte er lachend ins Telefon.

Er kam die Strasse herunter.

Heute können wir im Büro der Hundeschule arbeiten, sagte er. Komm, komm! Er ging voraus über die Pferdeweide auf einen kleinen Schuppen zu. Die Dämmerung war fortgeschritten, violetter Himmel, fast schwarz. Kleo musste auf ihre Füsse achten, dass sie nicht über einen hohen Grasbüschel stolperte oder sich im Gestrüpp verfing. Am Ende der Weide konnte sie die Schemen eines Schuppens ausmachen.

Das ist das Büro, sagte Amir. Er war stehen geblieben, wartete auf Kleo und legte ihr den Arm um die Schulter, als sie ihn erreichte.

Es wird schon dunkel, sagte er, und Kleo nickte.

Das Büro war ein mit Sperrholzplatten abgetrennter Raum in einem kleinen Holzverschlag. Darin stand ein kleiner Tisch mit Eckbank, an der Decke hing eine nackte Glühbirne. Es roch nach Stall und nach Tier, bestimmt nach Hund, es war ja das Büro der Hundeschule.

Setz dich, sagte Amir und setzte sich dann neben Kleo. Sie rutschte zur Seite, machte ihm Platz. Dann zog sie das neue Lehrmittel aus ihrer Tasche. Wir repetieren heute die Fallfunktionen, erklärte sie und schlug das Buch auf.

Amirs Blick auf ihrem Gesicht.

Die vier Fälle kennst du ja: Nominativ, Akkusativ, Dativ und Genitiv.

Ja, sagte Amir. Du bist eine gute Lehrerin!

Ich habe doch noch gar nicht angefangen, sagte Kleo und lächelte.

Er wippte mit dem Bein, sein Bein an ihrem, und sie rutschte ein bisschen zur Seite, damit er mehr Platz hatte.

Der Nominativ ist der Kern des Satzes.

Amir beugte sich ebenfalls über das Buch. Sein Atem: Rauch und Kaffee.

Kleo atmete durch den Mund, flach und schnell. Fuhr dann fort: Das Subjekt des Satzes steht immer im Nominativ. Das Subjekt ist wichtig, ohne Subjekt kann man keine Sätze bilden. Du brauchst immer ein Subjekt. Sonst geht das nicht. Und das Subjekt ist eben im Nominativ. Immer.

Sein Oberschenkel an ihrem. Sie rutschte weiter weg, langsam, doch plötzlich stiess ihr linkes Bein an die andere Seite der Bank. Sie sass in der Ecke der Eckbank fest.

Kannst du mir sagen, wie du das Subjekt in einem Satz erkennst?

Ihr Blick auf der Tabelle, starr.

Bitte, Amir?

Doch Amir hatte die Frage wahrscheinlich nicht gehört. Ich mag dich, flüsterte er. Du bist eine gute Lehrerin. Seine Stimme lächelte. In Afghanistan sind die Lehrerinnen streng.

Kleo starrte auf die Fallfunktionen. Wie erkennst du das Subjekt in einem Satz?, hörte sie ihre eigene Stimme, laut, ein Flüstern. Amir hob seinen Arm, hielt Kleo sanft am Nacken und drehte ihr Gesicht zu sich.

Nach Kleos Telefonat mit der Organisation wurde Amir aus dem Programm ausgeschlossen. Brigitte, die Kollegin, die ihr den Kontakt vermittelt hatte, konnte nicht aufhören, sich zu entschuldigen. Es tut mir so leid, sagte sie, ich hätte nie gedacht, dass sie auch solche Männer im Programm haben. Der Haarreif in ihren schulterlangen grauen Haaren rutschte ihr fast ins Gesicht, als sie empört den Kopf schüttelte.

Was meinst du mit solche?

Na ja, du weisst schon ... solche ... Männer. Haben nur das eine im Kopf. Furchtbar! Sie schob den Haarreif zurück an seinen Platz.

Kleo wich Brigittes Blick aus, schaute aus dem Fenster. Es ist nichts passiert, sagte sie leise.

Du musst ihn nicht in Schutz nehmen.

Ich nehme ihn nicht in Schutz.

Doch, tust du.

Es ist ja nichts passiert. Kleo starrte Brigitte an, Brigittes Augen waren zu gleichen Teilen verständnisvoll und empört.

Du kannst von Glück reden. Nutzt der seine Opferrolle einfach schamlos aus.

Hör zu, sagte Kleo, holte Luft: Ich muss noch was vorbereiten, und verliess das Lehrerzimmer.

Zu Hause sass Kleo auf der Couch. Die Märzsonne schien durchs Fenster, und die Stängel und Blätter der Amaryllis warfen einen zierlichen Schatten an die weisse Wand. Kleo sah Amirs Augen, warm, tief und glänzend. Sie erhob sich, setzte die Amaryllis vorsichtig auf den

Fussboden und öffnete das Fenster. Es ging ein strenger, warmer Südwind, doch keine Möwen flogen übers Lochergut.

Als Kleo Felicitas von der Geschichte erzählte, starrte Feli sie fassungslos an, die Brille weit vorn auf der Nasenspitze.

Kleo sagte: Weisst du, er konnte sich wohl gar nicht mehr erinnern, wann er zum letzten Mal jemanden umarmt –

Das darf er nicht, unterbrach sie Felicitas, das ist dein Körper!

Ich weiss, dass das mein Körper ist, sagte Kleo. Aber –

Das ist so typisch, dass Opfer ihre Täter schönreden, unterbrach Felicitas sie erneut. Die Nasenlöcher blähten sich empört.

Kannst du diese Begriffe bitte lassen? Er hat sich schliesslich entschuldigt. Mehrmals. Seine Nachrichten sind sehr nett.

Wie, fragte Felicitas, ihr habt noch Kontakt?

Na ja, meinte Kleo, er schreibt halt ab und zu auf WhatsApp.

Das geht ja gar nicht!, rief Felicitas und schaute sie entgeistert an. Und du antwortest?

Er hat sonst niemanden, weisst du.

Du darfst dich nicht in dieses Abhängigkeitsverhältnis reinziehen lassen, der macht das ganz bewusst, der manipuliert dich. Blockier ihn!

Aber Feli ...

Blockier ihn!

Kleo schaute sie an, ohne etwas zu sagen.

Gib mir dein Telefon!

Aber –

Felicitas nahm Kleos iPhone, das auf dem Tisch lag. Sie kannte den Code, entsperrte das Gerät. Sie schien die Konversation zu lesen, schüttelte ungläubig den Kopf, nicht dein Ernst!, und machte missbilligende Geräusche. Dann streckte sie Kleo das iPhone wieder hin, schob sich die Brille auf der Nase zurecht und meinte zufrieden: So, blockiert und gelöscht. Das war höchste Zeit.

Dann entspannten sich die Nasenlöcher, sie lächelte, nahm Kleos Hand, sagte in einem liebevollen Ton: Jetzt schau mich nicht so an, Kleo. Ist ja nur zu deinem Besten. Du weisst, dass ich mir sonst Sorgen um dich mache. Vor allem jetzt, wo du den Ernst nicht mehr hast. In der Einsamkeit sind viele Menschen verletzlich. Und sehr empfänglich für irre Abhängigkeitsgeschichten, da kann ich dir aus meiner Arbeit ein Lied davon singen … Sie nickte mit vielsagendem Blick. Doch plötzlich hielt sie inne, rief lachend: Aber was sag ich denn da! Du bist ja überhaupt nicht einsam! Sie drückte Kleos Hand, die Nasenlöcher standen weit offen. Du hast ja mich! Kleo lächelte vorsichtig und gab den Händedruck zurück.

Es war ein Mittwochnachmittag, und Kleo hatte frei. Sie wollte sich ausruhen, doch sie lag mit offenen Augen im Bett, starrte an die Decke. Durch die Wand hinter ihrem Bett drang ein leises Stöhnen. Dazwischen ein Keuchen, Grunzen, es wurde immer lauter. Dazu stiess etwas rhythmisch an die Wand, wurde schneller, knallte bald mit voller Wucht. Keuchen, Schreie, Kleo sprang auf. Sie schrie auch und schlug mit der flachen Hand an die Wand, hämmerte mit den Fäusten, bis die Hände schmerzten. Dann hielt sie inne. Die Geräusche auf der anderen Seite waren verstummt. Kleo legte sich wieder hin, schloss die Augen. Doch sofort setzte der Lärm wieder ein, Ächzen, Schläge, Schreie. Kleo stürzte aus dem Bett, presste die Hände auf die Ohren, ins Badezimmer, liess Wasser in die Wanne strömen. Als sie voll war, legte sie sich ins warme Wasser, nur die Nase war noch an der Luft.

Die Organisation teilte Kleo mit, dass sie sie selbstverständlich unterstützen würde, falls Kleo gegen Amir rechtlich vorgehen wollte. Sie schickten ihr Links zu Schweizer Opferhilfen. Dann wollten sie ihr eine andere Person vermitteln, doch Kleo antwortete, sie habe leider gerade, arbeitsbedingt, keine freien Kapazitäten mehr.

Amir war verloren. Verloren im stickigen, fensterlosen Bunker, inmitten fremder Männer. Kleo sah sein Gesicht in der Dunkelheit vor sich, seine glänzenden Augen. Sie sprang auf, machte Licht. Schaltete jede Lampe ein, leuchtete alles aus, auch in der Küche und im Bad. Trotzdem blieb sie schlaflos.

Nach einigen durchwachten Nächten reaktivierte Kleo ihr Netflix-Konto. Sie hatte es nach der Trennung von

Ernst deaktiviert, denn nur seinetwegen hatte sie überhaupt ein solches Konto eröffnet, sie selbst fand die Filme meist uninteressant. Zunächst schaute sie sich alte romantische Komödien an, *Pretty Woman, 50 erste Dates* und so weiter. Sie schaute einen Film nach dem anderen, bis ins Grau des nächsten Tages. Als sie alle durchhatte, schaute sie Serien. Nächtelang schaute sie Serien, und Amirs Gesicht, seine Hände und sein Atem verblichen. Tagsüber waren die unglücklichen Augen zwar wieder da, doch dann war es hell, und Kleo fuhr zur Arbeit.

Am nächsten Mittwochnachmittag ging Kleo mit ihrer Mutter einkaufen. Das war ihr gemeinsames Hobby: Die Mutter war froh um Unterstützung bei modischen Fragen, und Kleo war froh um Unterstützung bei grossen Ausgaben. Wie immer machten sie eine Pause in einem Café-Restaurant hoch über der Bahnhofstrasse. Die Sonne schien warm durch die Scheiben, und es roch nach Bratfett. Sie tranken einen Kaffee, assen Kuchen, Kleo redete über Netflix, erzählte von den Geschichten, die sie gesehen hatte, und irgendwann erzählte sie der Mutter von Amir. Denn ihrer Mutter konnte sie alles erzählen. Die Mutter hörte zu und lächelte.

Dir geht es gut, sagte sie dann.

Kleo nickte.

Du bist einfach eine schöne, junge Frau, das ist diesem Flüchtling halt auch aufgefallen.

Wieder nickte Kleo.

Ach, wie gerne wäre ich wieder in deinem Alter. Die Mutter seufzte. Du siehst wirklich gut aus! Und schau mal mich an. Sie kniff sich in den Bauch. Ich lege nur zu.

Ach was, Mami.

Du solltest es geniessen, jung zu sein, sagte die Mutter und schob Kleo ihren angebissenen Kuchen zu. Hier, jetzt mag ich gar nicht mehr.

Ich auch nicht.

Doch, doch, du kannst noch was vertragen. Ach, mein Schatz, du bist wirklich hübsch geworden, weisst du das?

Kleo rieb sich die Augen, massierte die Schläfen. Ich bin aber so müde, meinte sie leise, ich kann häufig nicht schlafen. Und meine Kiefermuskeln sind so verspannt. Ich glaube, ich beisse in der Nacht.

Das sieht man dir gar nicht an. Im Gegenteil: Du strahlst so viel Jugend aus, so viel Energie. Und hast du was von Ernst gehört?

Nein.

Das wird sicher wieder. Sie tätschelte Kleos Hand. Komm, gehen wir, meinte sie dann, ich brauche noch neue Unterwäsche.

Manchmal, wenn Kleo aus unruhigen Träumen erwachte, stellte sie fest, dass kleine Stückchen ihrer Zähne abgebröckelt waren und scharfe Schnittstellen hinterliessen. Doch den blutigen Geschmack im Mund, wenn sich die Zunge an den Kanten aufgeritzt hatte, nahm sie ohne weitere Emotionen zur Kenntnis.

Als Kleo eines Tages nach der Schule das Haus betrat, stand am Fuss der Treppe die alte Nachbarin, neben sich zwei grosse Taschen. Sie stand dort, im Morgenmantel, ihren kahlen Hinterkopf dem Eingang zugewandt, und rührte sich nicht.

Kleo tat so, als würde sie Post erwarten, und trat vor die Briefkästen im Eingangsbereich. Sie fummelte lange am Schloss herum, öffnete ihr Fach – tatsächlich hatte sie eine Rechnung erhalten –, spähte zur Treppe, öffnete und las die Rechnung, spähte wieder zur Treppe, doch die Nachbarin stand immer noch bewegungslos an derselben Stelle. Da schloss Kleo ihren Briefkasten, atmete tief durch und ging auf den Treppenaufgang zu. Sie murmelte einen Gruss, schaute dabei auf ihre Füsse und versuchte, an der Nachbarin vorbeizuschleichen. Doch in dem Moment drehte sich die alte Frau um, und Kleo blieb wie angewurzelt stehen. Wortlos starrte die Frau Kleo an, dann ihre Taschen am Boden, dann wieder Kleo.

Soll ich?, fragte Kleo sofort. Die Frau nickte. Kleo griff sich die beiden Taschen, ging ihr voran die Stiege hoch. Die Taschen waren schwer, und der Inhalt schepperte blechern. Als Kleo die Etage der Nachbarin erreicht hatte, blieb sie stehen. Die alte Frau war ein Stockwerk weiter unten, hielt sich am Geländer und zog sich ächzend Stufe für Stufe hoch. Vorsichtig spähte Kleo in die Taschen, zuerst in die eine, dann in die andere. Beide waren gefüllt mit Dosen: Katzenfutter.

Kleo liess die Taschen los, sie fielen scheppernd zu Boden. Als sie ihre Wohnung erreicht hatte, schloss sie hinter sich die Tür ab und legte sich auf die Couch.

Kleo deaktivierte ihren Netflix-Account. Nun lag sie nachts im Dunkeln auf ihrem Sofa und starrte auf die dünnen, matten Lichtstreifen, welche die Strassenlaternen durch die Spalten im Rollladen warfen. Wenn ein Auto vorbeifuhr, brausten die Streifen kurz hell auf. Kleos Augen gewöhnten sich schnell an die Dunkelheit, sie sah alles im Raum genau, sah auch die Amaryllis, wie sie sich über den Topfrand beugte und ihre Arme den Lichtstreifen entgegenstreckte.

Manchmal nahm Kleo nachts ein Bad. Dann lag sie stundenlang im warmen Wasser, und wenn das Wasser kalt wurde, liess sie neues, heisses in die Wanne strömen. Wenn anschliessend das Wasser laut durch die Rohre rauschte, kam es vor, dass jemand von der anderen Seite an die Wand ihres Badezimmers schlug. Zwei- oder dreimal wurde auch geklingelt.

Als Kleo eines Morgens beim Ankleiden vor dem Spiegel stand, entdeckte sie lila Male an ihren Oberarmen. Sie waren halbkreisförmig und wurden mit der Zeit violett, grün und gelb. Zuerst wunderte sie sich darüber, doch als sie die Oberarme zum Mund führte und die Flecke genau zu ihren Zähnen passten, wusste sie, was passiert sein musste.

Der neue Topf war riesig. Die Amaryllis wirkte darin klein und unschuldig. Kleo griff in den Erdsack, entnahm ihm mehrere Handvoll Erde und stopfte sie um die braune Knolle herum in den Topf. Ihre Finger gruben sich tief in die feuchte Erde. Der braune Dreck blieb unter ihren Nägeln kleben.

Seit kurzem fragte Fabienne, eine Freundin aus der Schulzeit, Kleo auf allen Kanälen, wie es ihr gehe und ob sie sich sehen könnten. Eigentlich nicht, fand Kleo. Leider kannten sie sich bereits seit der Primarschule, und solche Freundschaften sollte man pflegen. Nach fünf Absagen verabredeten sie sich auf einen Kaffee.

Fabienne trug ihre blonden Locken offen, wie immer, fuhr sich ständig mit der Hand durch die Haare, legte den Scheitel mal links, mal rechts. Ihre Lippen waren knallrot geschminkt, und sie redete laut. Kleo starrte auf Fabiennes lachenden Mund, ihre ausschweifenden Gesten und blickte sich dann zu den Menschen an den Nebentischen um. Niemand schaute zu ihnen herüber.

Du bist schon lange über Ernst hinweg, sagte Fabienne. Wieso lässt du dich so gehen?

Ich lasse mich nicht gehen.

Schau mal, was du anhast.

Kleo blickte an sich runter. Was ist damit?

Du trägst ja nicht mal einen BH.

Sieht man das?

Ja, das sieht man.

Egal.

Es ist nicht egal, dafür sind sogar deine Brüste zu gross. Ernsthaft, Kleo, du solltest dich nicht so gehenlassen. Und was ist das für ein Dreck unter deinen Nägeln? Du wirkst gerade total … Fabienne deutete mit der Hand auf Kleos Oberkörper, suchte nach Worten.

Wie wirke ich?, fragte Kleo.

Na ja, total gammelig und irgendwie alt, sagte Fabienne. Dann grinste sie plötzlich. Hey, ich glaube, ich weiss, was dir guttun würde. Sie hielt inne, fuhr sich ins Haar und warf den Scheitel auf die andere Seite.

Was denn?

Du brauchst wieder einen Typen.

Ach …

Ernsthaft, Kleo, das würde dir guttun. Fabienne blickte vielsagend und nickte, ihre eigenen Worte bestätigend. Du brauchst einen Fuckboy! Ein bisschen Ablenkung und ein bisschen Aufmerksamkeit. Es ist sowieso eine Schande, wenn jemand wie du Single ist.

Hey, es sind erst ein paar Wochen.

Eben.

Kleo sass auf der Couch und machte Bilder von sich. Zuerst Selfies, dann mit Selbstauslöser, das wirkte professioneller. Dann lud sie die Bilder auf ihr neues Tinder-Profil, Fabienne hatte die App auf ihrem Handy installiert.

Kleo klickte sich durch die Datenschutzbestimmungen, gab ihre Präferenzen an, und bald war sie startklar. Ihr wurden alle Zürcher über dreissig angeboten. Zuerst war Kleo zögerlich, lehnte einige ab, doch bald fühlte sich das Swipen an wie Einkaufen, wie Haben, sie konnte alle haben, und schnell wurde sie mutiger. Schliesslich swipte sie sich so lange durchs Angebot, bis es hiess, dass nichts Neues mehr angezeigt werden könne. Dann schaute sich Kleo die Frauen an, da setzte sie die Altersmarke tiefer. Kleo freute sich, sie fand ihren halben Freundeskreis und zwei Drittel des Lehrerzimmers auf Tinder.

Der neue Topf brachte nichts. Morgens, wenn Kleo erwachte, war der riesige Topf umgekippt, und die Amaryllis lag bebend im Dreck. Jede Nacht sprang sie etwas weiter, und jeden Morgen setzte Kleo sie zurück in den Behälter.

Bei der Arbeit sass Kleo nun jeweils vorn auf dem Lehrerstuhl, drehte kaum merklich hin und her, wischte die Profile nach links und rechts, während die Kinder Arbeitsblätter lösten. Auch in der Zehnuhrpause war sie auf Tinder. Wenn Brigitte oder eine andere Kollegin versuchte, sie ins Pausengespräch der Lehrerschaft miteinzubeziehen, stand sie auf, sagte, sie komme gleich wieder, und ging auf die Lehrertoilette, wo sie die ganze Pause mit ihrem Handy auf dem Klo sass. Jeden Abend vor dem Einschlafen schaute sie sich ihre neuen Matches an, lächelte zufrieden und knipste dann das Licht aus.

Nachts schlief Kleo nun tief und fest und träumte nichts. Nur das Beissen war geblieben, manchmal verkrampften sich die Kiefer auch schon tagsüber, und die Zähne wurden schärfer. Ausserdem hatte sie wieder häufig blaue, grüne, dann gelbe Male an den Oberarmen, manchmal auch an den Unterarmen. Aber es störte sie kaum.

An einem Morgen Anfang April flogen draussen erneut die Möwen übers Hochhaus und kreischten und lachten wie kleine Kinder. Kleo stand am Fenster, folgte ihren Tänzen mit den Augen. Sie liess sich sogar eine Zeitlang von ihrer Fröhlichkeit anstecken, doch dann erinnerte sie sich wieder an ihr Vorhaben. Mit ernster Miene kniete sie sich nieder, neben die Amaryllis. Einen Moment lang zögerte sie, doch dann packte sie zu mit festem Griff, packte einen Stängel, ein Blatt nach dem anderen und begann, die Pflanze zu fesseln: Um jeden Arm der Amaryllis wickelte sie etwas Schnur und knotete die Enden an verschiedenen Orten – am Tischbein, an der Heizung und am Bücherregal – fest. Schliesslich erhob sie sich und nickte der gefesselten Amaryllis zufrieden zu. Sie würde nie wieder aus dem Topf springen.

Adriano war zu 50 % Schweizer, zu 50 % Italiener und zu 100 % Casanova, wie in der Beschreibung auf seinem Profil stand. Nach ein paar Tagen plätschernden Small Talks begann Kleo ihn zu mögen. Adriano war nicht aufdringlich, machte beim Chatten keine Rechtschreibfehler, und sein Lieblingsbuch war *Le Petit Prince,* weil er auch fand, dass man nur mit dem Herzen gut sehe. Zudem waren seine Bilder professionell bearbeitet. Nach einer Woche Chatten fragte Adriano Kleo nach einem Treffen, und sie sagte – entgegen ihrem Vorsatz, niemanden von Tinder zu treffen – sofort zu.

Flirten ist wie Velofahren, hatte Fabienne gesagt, das verlernt man nie. Kleo war trotzdem nervös. Sie hatte sich vorgenommen, fünf Minuten zu spät zu erscheinen an diesem Freitagabend, doch wie immer war sie eine Viertelstunde zu früh. Sie setzte sich an ein kleines Tischchen in einer Fensternische, zupfte ihre Bluse zurecht, entfernte mit dem Zeigefinger die überschüssige Schminke aus den Augenwinkeln, strich sie an ihren Jeans ab und versuchte ihre Zunge ruhig zu halten, damit sie nicht immer nervös über die scharfen Zahnkanten fuhr.

Um Punkt zwanzig Uhr kam ein junger Mann zur Tür herein. Er schaute sich suchend um, Kleo fixierte ihn mit ihrem Blick, und als sie Augenkontakt hatten, kam er an ihren Tisch.

Kleoparda?, fragte er, und sie nickte.

Du siehst noch schöner aus als auf den Fotos!, sagte Adriano, zwinkerte ihr zu und setzte sich. Seine Knie berührten ihre, sie zog ihre Beine zurück, damit er genug Platz hatte, auch auf ihrer Hälfte der Tischunterseite.

Du bist pünktlich, sagte sie und lächelte, wobei sie die Lippen geschlossen hielt und ihre schiefe Zahnstellung versteckte.

Schön, hat es geklappt, sagte er.

Sie schnupperte, sein Parfum roch nach Erfolg. Dann studierte sie sein Gesicht. Er hatte einen kurzen, gepflegten Bart, markante, aber nicht zu markante Gesichtszüge und blaue Augen. Diese Augen waren ihr bereits auf den Fotos aufgefallen, doch hatte sie den leuchtenden Effekt zuvor dem Bildbearbeitungsprogramm zugeschrieben. Tatsächlich war die Wirkung, die seine Augen in der Realität entfalteten, noch viel intensiver. Er hatte Augen wie ein Husky.

Lass uns bestellen, sagte er. Hier haben sie den besten Gin Tonic! Magst du auch einen?

In dem Moment trat einer der Barkeeper an den Tisch, er brachte Wassergläser und eine Schale mit Popcorn. Er grüsste Adriano mit Vornamen, Adriano ihn mit »Alter«, sie gaben sich einen Handschlag, Adriano bestellte zwei Gin Tonics, und der Barkeeper verschwand wieder. Kleo hasste Gin Tonic, aber was soll's.

Schön, hat es geklappt, wiederholte Adriano, und Kleo sagte: Finde ich auch.

Zuerst erzählte Kleo ein paar witzige Anekdoten aus dem Unterricht, und Adriano lachte schallend. Dann erzählte Adriano. Er erzählte von seiner Arbeit als Fotograf. Dann von seiner Arbeit als Fotomodell. Dann erzählte er von seinem DJ-Kollektiv, das er gerade gegründet hatte, und von einem Kurzfilm, den er drehen würde. Es war nicht sein erster, es war sein siebter oder so, er war sich nicht mehr sicher, jedenfalls habe er schon einige Preise für seine Shorts gewonnen. Adriano erzählte und erzählte, und Kleo ass Popcorn. Er erzählte weiter von seinen Shorts, zitierte die Titel wie Werke der Allgemeinbildung, sagte immer wieder »meine Shorts«, Kleo sah kurze Hosen, stopfte sich Popcorn in den Mund und beobachtete die blauen Huskyaugen.

Ich habe letzte Woche wieder von der Stadt einen Preis für mein Werk bekommen, sagte Adriano gerade, als der Barkeeper die Gin Tonics brachte.

Gratuliere, sagte Kleo. Sie prosteten sich zu, Kleo nippte an der bitteren Flüssigkeit und schob gleich Popcorn hinterher.

Ich bin wirklich froh, dich zu treffen, Kleoparda, sagte Adriano dann. Ich mag es, mich mit dir zu unterhalten.

Kleo nickte, lächelte und versuchte mit der Zunge ein hartnäckiges Maiskorn aus einem Zahnzwischenraum zu lösen.

Du bist wirklich sehr hübsch. Hast du schon mal als Model gearbeitet?

Kleo schüttelte den Kopf.

Ich könnte mir vorstellen, dass du unglaublich fotogen bist, sagte Adriano.

Kleo nickte.

Wie ist dein Liebesleben?, fragte er plötzlich, und Kleos Magen zuckte zusammen.

Ich hab mich vor kurzem von meinem Ex getrennt, sagte sie dann. Und deins?

Ich möchte ehrlich sein: Ich treffe viele Frauen.

Kleos Magen zuckte wieder, aber sie lächelte. Dann nahm sie einen grossen Schluck Gin Tonic.

Hast du so was wie eine offene Beziehung?

Ich möchte keine Beziehung, sagte er und strich sich eine Locke aus der Stirn. Aber ich liebe Frauen. Und ich schlafe gerne mit Frauen. Für mich ist Sex etwas Besonderes. Sex ist für mich Kommunikation. Die Sprache der Körper.

Er schaute ihr eindringlich in die Augen.

Ich hatte auch mal eine offene Beziehung, sagte Kleo, aber das ist nicht so mein Ding.

Oh come on, rief er. Monogamie ist eine Erfindung der Religion. Das ist Zwang und Unterdrückung. Wieso sollte man nicht mit allen schlafen können, mit denen man will? Er grinste. Ich bin für freie Liebe.

Kleo schaute in ihr Glas, nahm wieder einen grossen Schluck und sagte dann, ohne aufzuschauen: Ich glaube, du vergisst dabei die Emotionen.

Er lachte. Ach, dieses ganze weibliche Bindungsgedusel! Das kommt noch aus der Jäger- und Sammlerzeit, aus der Neandertalerzeit! Damals war's vielleicht noch wichtig, dass man seinen Versorger hatte. Den musste man dann schön binden, einwickeln, umgarnen mit viel Liebe und so. Aber heute ... Ihr Frauen macht ja eh, was ihr wollt, beruflich, da solltet ihr euch auch mal von diesem Bindungskram emanzipieren. Also versteh mich nicht falsch, ich bin natürlich Feminist. Deswegen finde ich auch, ihr solltet diese »Emotionen«, wie du es nennst, mal hinter euch lassen ...

Dann wurde er wieder ernst und sagte: Weisst du was? Ich war noch niemals verliebt.

Wie, fragte sie, noch gar nie?

Noch nie.

Kleo schwieg. Er schaute sie immer noch mit diesem eindringlichen, beinahe starren blauen Blick an. Das tut mir leid, sagte sie schliesslich.

Aber bei dir, bei dir habe ich ein spezielles Gefühl, sagte er und griff sich dabei ihre Hand, die auf dem Tisch neben der Popcornschale lag.

Ach, wir kennen uns doch gar nicht, meinte sie und versuchte ihre Hand zurückzuziehen.

Ich habe es von Anfang an gespürt, sagte er. Es ist deine Ausstrahlung. Und deine Haare, weder blond noch braun. Und wenn du grinst, dann sieht man deine Zähne. Du bist ein Tiger. Er schaute sie bewundernd an. Ich weiss, dass du ein Tiger bist.

Kleo griff nach ihrem Glas und leerte es. Dann zeigte sie ihm ihre Zähne.

Genau so, sagte er.

Wollen wir noch was bestellen?

Wir können auch bei mir noch etwas trinken, meinte er. Ich wohne gleich ums Eck, ist viel gemütlicher.

Na ja …, sagte Kleo, doch er winkte bereits dem Barkeeper und rief: Hey, Bro, wir zahlen!

Dann nahm er wieder ihre Hand und streichelte sie. Als der Barkeeper die Rechnung brachte, unterhielt er sich mit ihm, streichelte weiter Kleos Hand, bis sie sie wegzog, ihr Portemonnaie hervorholte und für beide bezahlte.

Seine Wohnung war tatsächlich nicht weit.

Sind deine Mitbewohner da?, fragte Kleo.

Ich wohne allein, meinte er.

Es war eine schöne Wohnung, mindestens vier Zimmer und ein Eingangsbereich. Kleo zog ihre Schuhe aus und stellte sie zu den anderen. Da fielen ihr die vielen Frauenschuhe auf, die im Schuhregal standen.

Wieso hat's denn hier so viele Damenschuhe?

Ah die, sagte Adriano. Die sind von meiner Mitbewohnerin. Aber die ist nicht hier. Sie ist verreist. Und als Kleo ihn fragend anblickte: Südamerika oder so. Magst du Roten oder Weissen?

Roten.

Kleo schaute sich im Wohnzimmer um. Über der Couch hing ein Schwarzweissportrait von Adriano. Ansonsten war der Raum stilvoll eingerichtet. An den Wänden waren Aktfotografien von Frauen angebracht, der gläserne Beistelltisch schien ein Designstück zu sein, die Bogenlampe war es mit Sicherheit.

Hier, Süsse. Adriano kam mit dem Rotwein zurück. Kleo stand vor einer der Schwarzweissfotografien und betrachtete sie. Die Aufnahme zeigte eine Frau, die nackt auf einer Treppe stand und in die Ferne schaute.

Das ist eines meiner Lieblingsbilder, sagte er.

Kleo nickte, wandte sich vom Bild ab, nahm den Wein entgegen.

Weisst du, warum?, fuhr Adriano fort. Das Licht- und Schattenspiel ist einzigartig! Schau, hier zum Beispiel. Kleo drehte sich wieder zur Fotografie, Adriano deutete auf die Treppenstufen.

Siehst du das? Das ist einfach phänomenal, wie hier Licht und Schatten in einem klaren Bruch nebeneinanderstehen. Die Dunkelheit ist unten, von oben kommt die Sonne. Und dann die perfekte Geometrie der Treppe, die durch die sinnlichen Rundungen des weiblichen Körpers gebrochen wird. Schau hier, auch auf den Körper haben Licht und Schatten eine Wirkung! Siehst du das? Hier! Er fuhr mit dem Zeigefinger über die nackte Frau. Deshalb ist das so ein geniales Bild. Er grinste. Und deshalb bin ich Fotograf.

Cool, sagte Kleo. Sie nahm einen grossen Schluck aus ihrem Weinglas.

Sie hatten sich auf die Couch gesetzt, Adriano erzählte weiterhin von seiner Arbeit, die er aber sein »Hobby« nannte, weil sie so viel Spass machte, und Kleo bediente sich an der Weinflasche. Plötzlich schwieg Adriano und starrte sie an. Kleo hatte nicht mehr zugehört und wusste nicht, was der Anlass seiner Redepause war. Sicherheitshalber sagte sie mhm und wollte nicken, doch da waren Adrianos Lippen bereits auf den ihren. Dann lag sie mit dem Rücken auf der Couch, Adriano sass auf ihr drauf. Du bist so süss, sagte er. Ihre Bluse verschwand, dann der BH. Adriano zog, rupfte an den Jeans, dann an der Unterhose, warf alles auf den Boden. Anschliessend zog er sich selbst aus.

Wollen wir nicht ins Schlafzimmer?, fragte Kleo.

Nein, meinte Adriano, das geht nicht. Und als sie ihn fragend anschaute: Dort ist eine Unordnung.

Okay.

Sie knutschten ein bisschen. Kleo schloss die Augen, atmete seinen Geruch ein, und ihre Kiefer verkrampften sich ein wenig. Irgendwann sprang Adriano auf und suchte etwas in seinem Bücherregal, vermutlich ein Kondom. Kleo drapierte rasch ihre Haare, damit sie schön auf dem Kissen lagen, verschränkte die Hände hinter dem Kopf, schloss die Augen und wartete.

Sie hörte ihn zurückkommen, spürte bereits seinen warmen Körper über sich, hörte seinen Atem und versuchte ihrem Gesicht einen hübsch entspannten, fast schlafenden Ausdruck zu geben, als wäre alles friedlich. Sie löste sogar ihren Kiefer und lockerte den Biss. Doch Adriano berührte sie nicht. Da hörte sie ein Klicken, spähte vorsichtig durch ihre halbgeschlossenen Lider und blickte direkt in ein schwarzes Objektiv.

Was?, sagte sie erschrocken.

Sch!, machte Adriano leise und legte ihr seinen Zeigefinger auf die Lippen. Dann setzte er sich auf ihren Bauch, brachte die Kamera nah an ihren Körper, drehte am Ring des Objektivs.

Schliess wieder die Augen, sagte er, so wie vorher.

Machst du Fotos?, fragte sie und wusste, dass es eine dumme Frage war. Wieder klickte die Kamera, mehrmals.

Kleo wollte ihre Brüste bedecken, doch er nahm ihre Hand und hielt sie fest.

Du siehst so schön aus, sagte er, und die Kamera klickte.

Sie war wie gelähmt. Nur die Augen konnte sie noch bewegen, wusste aber nicht, wohin damit, das schwarze Auge der Kamera war überall, hilflos suchte sie Adrianos Blick, doch er schaute auf das Display.

Komm, entspann dich, Süsse, sagte er dann und streichelte mit der einen Hand ihre Haare, während er mit der anderen die Kamera führte. Es ist alles cool, das gibt ganz schöne Bilder!

Kleo schluckte, versuchte zu lächeln, lockeres Gebiss.

Genau so!, sagte Adriano.

Dann legte er die Kamera auf den Couchtisch, küsste sie.

Kleo starrte auf das kleine rote Lämpchen oberhalb des Objektivs.

Filmst du?, fragte sie und versuchte sich aufzurichten.

Er drückte sie wieder sanft ins Kissen.

Entspann dich, sagte er, es ist alles ganz easy. Ich lösch das nachher gleich wieder.

Soll ich dir ein Taxi rufen?, fragte Adriano.

Kleo sagte: Nein. Umarmte ihn hastig.

Er hielt sie fest, drückte sie an sich.

War sehr schön, sagte er, du bist ein Tiger!

Sie nickte.

Bis bald!

Im Treppenhaus kreuzte Kleo eine Frau, die sie eigenartig abschätzig musterte.

Als Kleo zu Hause ankam, aktivierte sie ihr Netflix-Abonnement wieder. Sie schaute sich die ganze Nacht Serien an, *Narcos, Stranger Things* und so weiter. Sie kaute Kaugummi, damit die Zähne sich nicht selbst frassen. Trotzdem musste sie irgendwann eingeschlafen sein, an ihren Oberarmen entstanden neue blauviolette, halbmondförmige Flecke.

Am nächsten Morgen, es war ein Samstag, fragte sie Felicitas, ob sie Zeit für ein Treffen habe. Feli meinte: Für dich immer, meine Liebe. Aber erst morgen.

Also rief Kleo Fabienne an. Fabienne meinte, sie habe eh Bock auf Kaffee, und sie verabredeten sich bei Kleo ums Eck.

Als Kleo aus der Wohnung trat, lag auf ihrer Fussmatte eine Dose Katzenfutter. Einen Augenblick stand Kleo reglos da und betrachtete die Dose. Dann ging sie zum Treppengeländer und blickte nach unten. Sie lauschte, aber alles war still. Schliesslich hob Kleo die Dose auf, stellte sie in der Küche auf den Tisch und schloss die Wohnungstür hinter sich ab.

Fabienne winkte schon von weitem, grinste, ihre blonden Locken glänzten in der Sonne, sie rief gedehnt: *Hello!*, setzte sich an Kleos Tisch, mehr Sonnenbrille als Gesicht.

Nicht so laut, sagte Kleo.

Bist du verkatert oder was?

Nein, aber du bist extrem laut. Kleo schaute sich zu den Nebentischen um, ein paar Leute hatten ihre Köpfe gedreht. Und ich habe nur so zwei, drei Stunden geschlafen, fügte sie hinzu.

Da nahm Fabienne ihre Sonnenbrille von der Nase und blickte Kleo forschend an. Stimmt, rief sie dann grinsend, du hattest ja dein Date! Und? Wie war's? Sie zwinkerte etwas schwerfällig, die Wimpern waren mit blauer Mascara verklebt.

Na ja –

Warte, rief Fabienne, hast du ein Bild? Zeig mal ein Bild.

Kleo gab Fabienne ihr Handy, und sie schaute sich Adrianos Tinder-Profil an.

Wow!, rief sie. Der sieht ja super aus! Augen wie ein Husky! Sie grinste, fragte verschwörerisch: Und habt ihr?

Ja, also …

Nice! Fabienne klatschte in die Hände. Und? Wie war's? Der ist ja echt heiss, rief sie, Kleo, da musst du dranbleiben!

Na ja, weisst du …

Fabienne lachte schallend. Viel geschlafen hast du wirklich nicht! Solltest mal deine Augenringe sehen! Richtig violett. Aber das ist ja ein gutes Zeichen. Übrigens hab ich dagegen einen super Concealer. Der würde dir guttun. Ich hab ihn dabei, kannst nachher kurz aufs Klo und dir etwas unter die Augen machen, dann siehst du nicht mehr so fertig und kaputt aus. Was macht er eigentlich beruflich?

Kleo rieb sich die Schläfen und sagte leise: Er ist Fotograf.

Ein Künstler!, rief Fabienne.

Na ja …

Hey, Kleo, da hast du ja einen Volltreffer gelandet. Gleich beim ersten Date. Weisst du, was ich mich jeweils durchswipe, und alle sind sie hässlich oder dumm oder beides. Meistens sind sie dumm. Aber ein Künstler! Vielleicht wirst du jetzt seine Muse oder so! Übrigens – er beisst wohl gerne zu, was? Fabienne deutete auf die halbkreisförmigen Male an Kleos Oberarmen und lachte laut.

Kleo schwieg, nahm sich einen neuen Kaugummi und wechselte dann das Thema. Hab jetzt *Narcos* durch, sagte sie.

Sie redeten noch eine Weile über Gewaltverherrlichung im Film und den internationalen Kokainhandel.

Schlimm ist das, meinte Fabienne, da kann man nicht mal mehr in Ruhe was reinziehen, ohne ein schlechtes Gewissen zu haben. Dann musste Fabienne gehen, weil sie noch etwas anderes vorhatte.

Später setzte sich Kleo zu Hause auf den Fenstersims, rauchte eine Zigarette. Sie stiess den Rauch langsam aus, er waberte zwischen ihren gelben Zähnen hervor, und sie dachte drüber nach, was Fabienne gesagt hatte. Schliesslich hatte Fabienne viel Erfahrung und vermutlich recht: Kleo musste Adriano inspiriert haben, vielleicht würde das etwas Besonderes zwischen ihnen werden.

Auf den Balkonen des Hochhauses erschienen einige Menschen, sie setzten ihren Grill in Gang, und bald wehte der Geruch von Fleisch über die Strasse. Kleo hielt ihre Nase in den Wind, es roch leicht verbrannt, aber auch blutig. Sie drückte die Zigarette aus und ging in die Küche. Einen Moment starrte sie auf die Katzenfutterdose, die auf dem Tisch stand. Doch dann wandte sie sich dem Kühlschrank zu, wühlte im Tiefkühlfach, bis sie alte Hamburger von Ernst fand. Sie waren abgelaufen, aber Kleo briet sie trotzdem. Das heisse Öl brutzelte, und der Fleischdampf waberte um Kleos Gesicht, hinterliess einen feinen, öligen Glanz auf ihrer Haut, ihrem Mund, sie fuhr sich mit der Zungenspitze über die Lippen. Als die Hamburger durchgebraten waren, starrte sie sie lange an und warf sie schliesslich in den Mülleimer.

Adriano schrieb: Hey, Süsse. Du hast mich verzaubert.

Wirklich?

Es ist mein absoluter Ernst.

Sie schrieben ein bisschen hin und her. Er machte viele Komplimente, sagte, er denke ständig an sie, und Kleo freute sich. Vielleicht hatte er sich wirklich zum ersten Mal in seinem Leben verliebt.

Am Sonntag hatte sich Kleo erneut im Café um die Ecke verabredet, diesmal mit Felicitas. Kleo sass bereits eine Viertelstunde kaugummikauend an einem Tisch draussen im Schatten, als Felicitas die Strasse entlangkam. Sie trug helle Stoffhosen, eine weisse Bluse, hatte ihr Haar zu einem Zopf geflochten. Sie gaben sich drei Küsschen auf die Backen. Feli roch frisch, sommerlich.

Schöne Bluse, sagte Kleo.

Danke.

Felicitas setzte sich und sagte gleichzeitig, ohne Kleo richtig anzuschauen: Du siehst aber nicht so gut aus.

Kleo zögerte, meinte: Na ja … es geht eigentlich ganz okay.

Da schaute Felicitas sie an, die Nasenlöcher forschend geweitet. Über was wolltest du denn reden?

Kleo kaute auf ihrem Kaugummi, überlegte, wie sie es ihrer besten Freundin erzählen sollte, sagte dann schliesslich: Ich habe einen Künstler kennengelernt.

Einen Künstler?

Ja, weisst du, den Typen von Tinder.

Ach, stimmt. Das freut mich. Was macht er denn für Kunst?

Verschiedenes. Fotografie.

Klingt interessant. Felicitas nickte wohlwollend. Da hast du Glück gehabt, sagte sie und nickte immer noch. Kreative Menschen sind ja meistens sehr sensibel. Oder besitzen zumindest einen gewissen emotionalen Tiefgang. Das ist gut, Kleo, das freut mich für dich. Ich hatte ja schon die Befürchtung, dass dieses Tinder etwas oberflächlich sei.

Sie lächelte, und Kleo senkte den Blick.

Ein Fotograf gibt dir sicher viel Inspiration im Alltag, fuhr Felicitas fort, lehrt dich, die Dinge auch anders zu sehen, die Schönheit zu erkennen. Weisst du, es ist nicht alles so grau, Kleo, wie du es oft siehst. Diese Tendenz will ich dir ja schon lange aufzeigen.

Er hat mich schon als Fotomodell gebraucht, sagte Kleo zu ihrer Tasse, aber es ist komisch, es ist –

Natürlich ist es komisch!, unterbrach sie Felicitas, es ist ja auch ungewohnt für dich. Du warst ja noch nie fotogen. Aber offenbar scheint er etwas in dir zu sehen. Etwas Spezielles. Das hast du ja auch. Geniesse es einfach!

Hm …, meinte Kleo.

Tut mir leid, dass ich gestern nicht konnte, sagte Feli. Und dann etwas leiser: Ich hatte ja ehrlich gesagt schon befürchtet, es ginge um diesen Flüchtling oder so … Wieder lauter: Aber es war ja jetzt zum Glück nichts Dringendes. Weisst du, bei meiner Arbeit läuft gerade sehr viel. Ich habe extrem viele Neuanmeldungen. Felis Blick wurde stolz, die Brille auf der Nasenspitze. Die Patienten wollen ausdrücklich zu mir kommen, sagt mein Chef. Die Patienten scheinen meinen Rat zu mögen. Dann lachte Feli. Sie schaute liebevoll auf Kleo und sagte: Aber wem erzähl ich das …

Die Amaryllis schien ihre Fesseln zu geniessen, sie wand sich spielerisch durch die Schleifen und gedieh. Schon neun Blätter waren aus der Knolle gesprossen, und die dicken Stängel waren fleischiger denn je. Vielleicht würde sie bald blühen.

Am Abend rief Adriano an und sagte: Hey, Süsse!
Es folgte ein kurzer Small Talk, mir geht's auch gut, ja, das Wetter ist voll geil, endlich Sommer. Dann sagte Adriano: Ich habe mich gefragt, ob du nicht Lust hättest, bei meinem neusten Film mitzumachen.
Ja eh, sagte Kleo sofort. Worum geht's denn?
Es ist ein Kunstprojekt.
Kleo lächelte zufrieden.
Ich würde dafür einen Film machen, fuhr er fort, von deinen Brüsten und deiner Pussy.
Was?, sagte Kleo.
Es geht um den weiblichen Körper, das Gesicht braucht's nicht.
Als Kleo schwieg, fragte er: Na, Süsse, bist du dabei?
Na ja …
Komm schon! Niemand würde wissen, dass du es bist.
Trotzdem …
Hey, das wird ein ganz cooles Kunstvideo.
Kleo wägte ab. Vielleicht würde es ja wirklich cool werden. Und ihre Brüste waren sehenswert.

Okay, sagte sie, Brüste, vielleicht. Dann erinnerte sie sich an das schwarze Objektiv von Adrianos Kamera und fügte hinzu: Aber alles andere ist mir zu intim.

What?, fragte er und klang verärgert.

Höchstens Brüste.

Come on, rief er, und die Pussy?

Lieber nicht.

Komm schon. Jetzt stell dich nicht so an!

Das ist mir zu intim.

Hey, sei mal locker, deine Pussy ist doch nicht heilig. Du siehst zwischen den Beinen nicht anders aus als andere Ladys.

Was heisst heilig, sagte Kleo. Und dann: Das bestimme ich immer noch selbst.

Gott, jetzt tu nicht so arrogant.

Da sagte sie leise: Macho.

Was hast du gesagt? Macho?

Und jetzt schrie Kleo: Ja, du bist ein scheissverdammter Macho!

Was läuft mit dir?, fragte Adriano. Er klang halb erstaunt und halb erbost.

Du bist ein Scheissmacho! So ein Scheissmacho!, brüllte Kleo ins Handy.

Gott, reg dich doch nicht so auf.

Checkst du nicht, wie übergriffig du bist?

Da lachte er. Hey, was läuft eigentlich mit dir? Hast du deine Tage?

Spinnst du?

Come on! Er lachte. War ein Scherz. Beruhige dich,

ich kann auch eine andere fragen. Diese Launen muss ich mir nicht geben.

Kleo drückte auf den roten Hörer und knallte ihr Handy aufs Bett, wo es sofort im Duvet versank.

Sie löschte ihr Tinder-Profil, und wenn Freundinnen oder Lehrerinnen sie fragten, wie es denn mit Tinder laufe, sagte Kleo: Das digitale Daten ist nicht so mein Ding.

Eines Morgens, als Kleo um sieben aus der Wohnung hetzte, stolperte sie und fiel fast hin. Auf der Fussmatte lagen zwei Büchsen Katzenfutter. Kleo nahm sie, warf sie in ihre Wohnung – sie schlugen dumpf und blechern auf –, schloss hinter sich die Tür, eilte die Treppe hinunter und rannte zur Tramhaltestelle. Während der ganzen Fahrt im Tram und in der S-Bahn knirschten ihre Zähne, rieben sich aneinander, malmten. Erst als sie sich im Schulhaus in der Lehrertoilette einschloss, gelang es ihr, ihren Kiefer zu lockern. Sie kam zu spät zum Unterricht, aber die Schüler merkten es nicht.

Im Papierkorb ihres Mailaccounts fand sie die Nachricht von Brigittes Organisation. Sie schrieb Amirs Nummer auf einen kleinen Zettel, faltete das Stück Papier mehrmals. Dann nahm sie die Schutzhülle von ihrem iPhone, legte das Papier hinein und steckte danach ihr Handy wieder in die Hülle.

Fabienne meldete sich auf allen Plattformen, sie schien plötzlich besessen zu sein von den alten Zeiten und wollte Kleo treffen, um wieder Spass zu haben wie früher. Nach einigen Absagen gab Kleo nach, und sie trafen sich an einem Samstagabend Mitte April in Edith's Weinstube im Niederdorf. Dieses Lokal war früher mal ein Sexkino gewesen. Nun hingen nur noch ein paar halberotische Kunstbilder an den Wänden.

Über Jahre hatten Fabienne und Kleo die Weinstube frequentiert, weil man eine Flasche Wein für dreizehn Franken bekam, über die Gasse nur acht neunzig. Während des Studiums hatten sie sich jeden Freitagabend bei Edith getroffen: Fabienne, Kleo, Ernst und mindestens fünf immer wechselnde Unifreunde von Fabienne. Edith lernten sie zwar nie kennen, dafür ihr Weinsortiment.

Weisst du noch, sagte Fabienne, damals, als ich so betrunken war, dass ich auf den Deckel der Toilette gepinkelt habe, weil ich nicht bemerkte, dass er unten war? Sie lachte lauthals und schüttelte ihre gelben Locken. Gott, hat das gespritzt!

Kleo schaute sich um, die Leute am Nebentisch beachteten sie nicht. Du bist wieder so laut, Fabienne, sagte sie.

Ach, *come on!* Fabienne nahm die Weissweinflasche und füllte Kleos Glas. Lass dich doch mal ein bisschen gehen. Sieh nicht alles so ernst. Hey, sie lachte auf, apropos Ernst: Der geht ja voll ab auf diesem Yogatrip, ich hab's auf Instagram gesehen.

Ich folge ihm nicht mehr.

Versteh ich, kann auch nerven, all diese perfekten Bilder von seinem perfekten Körper.

Kleo verdrehte die Augen. Fabi, bitte …

War ein Witz, Alte, sei mal ein bisschen locker. Du hast eh was Besseres verdient als diesen dummen Boy. Hast du seine Homepage gesehen? Er ist jetzt anscheinend nebenbei noch Yogalehrer. Aber das Einzige, was der kann, ist gut aussehen. Er schreibt sogar auf der

Homepage, dass er keine Ausbildung hat und dass das egal sei, weil er einfach fühle, was dem Körper guttut. Fabienne verdrehte die Augen. Wie unprofessionell ist das denn. Und trotzdem hat der seine Fans, voll viele Follower! Sie schüttelte den Kopf. Sicher alles frustrierte Hausfrauen. Voll das Klischee halt! Wieder schüttelte sie den Kopf. Na ja, was soll's, solange es den Alten guttut … Plötzlich schaute sie ganz ernst, presste die Handflächen aneinander, verbeugte sich und flüsterte: Namaste! Dann prustete sie laut los, Speichel spritzte über den Tisch, und Kleo wischte sich übers Gesicht.

Hey, fragte Fabienne dann, wie läuft's eigentlich mit dem Tinder-Typen? Sorry, hab den Namen vergessen. Weisst du, die Namen sind mir eh scheissegal, die könnten auch Nummern haben. Und nicht mal die würd ich mir merken. Riccardo war's, oder?

Adriano, sagte Kleo. Sie schaute an Fabienne vorbei auf das Bild an der Wand. Es zeigte Putin und Merkel beim Sex, Doggystyle, mit der Überschrift: *Nothing personal. Only business.* Am Boden lagen leere Schnaps- und Wodkaflaschen. Kleo blickte wieder Fabienne an. Gut, wiederholte sie. Aber wir sehen uns nicht mehr.

Schade, meinte Fabienne, der war richtig cool. Und kennt viele Leute.

Er ist ein Macho.

Sind sie doch alle! Fabienne warf ihr Haar zurück. Und Idioten. Dafür lieben wir sie doch. Hast du sonst niemanden am Start?

Hey, Fabi, meinte Kleo, müssen wir eigentlich die ganze Zeit über Typen reden?

Müssen wir nicht, sagte sie, aber das ist doch das Witzigste. Ich sag dir, was ich vorgestern wieder erlebt habe. Ich habe da so einen in der Zukunft abgeschleppt. Guter Körper, Babyface. Alles nett, bis ich ihn am Morgen heimschicken wollte, da hat er angefangen zu weinen. Er sei so unglaublich verliebt. Sie grinste. Natürlich in eine andere! Gott, habe ich den zum Teufel gejagt. Fabienne schüttelte den Kopf. Der Wichser! Dann sah sie auf Kleos halbvolles Glas.

Hey, Kleo, was ist denn los? Sie packte die Weinflasche, füllte Kleos Glas, bis es fast überlief. Was ist nur los mit dir?

Was soll schon mit mir los sein?

Du trinkst gar nichts, sagte Fabienne. So trink doch mal, Alte, du bist noch keine dreissig!

Ich kriege Sodbrennen vom Weisswein.

Fabienne lachte laut und schrie: Um Gottes willen! Dann saufen wir halt Sekt! Sie leerte ihr Glas, marschierte zur Theke, wo wieder nicht Edith arbeitete, aber eine andere ältere Dame, mit der sie sich lachend unterhielt, während sie die lockigen Haare schüttelte, und kam mit einer Flasche Sekt und zwei Shots zurück.

Die Shots schob sie Kleo zu: Beide für dich. Heute hast du mal wieder Spass!

Als Kleo frühmorgens die Treppe hochstieg, war bei der Nachbarin die Tür einen Spaltbreit offen, und es roch seltsam, streng, scharf, nach Tier, vielleicht Raubtier, und da fiel es ihr ein: Es roch wie im Raubkatzenhaus des Zürcher Zoos.

Kleo ging an der Tür vorbei, ohne in die Wohnung zu schauen.

Zu Hause setzte sie sich auf die Couch. Der Himmel über dem Lochergut wurde langsam grau, dann weiss. Im Hochhaus waren vereinzelte Lichter an, und die Weihnachtsbeleuchtung auf den Balkonen blinkte blau, grün, rot. Niemand war draussen, nur die Vögel zwitscherten, man hörte das laute Gezwitscher durch die geschlossenen Fenster, und Kleo machte Musik an.

Sie schaute sich die neuesten Fotos auf ihrem Handy an. Fabienne, Kleo, irgendwelche Typen im Club. Sie löschte alles. Dann ging sie ins Bad, schminkte sich ab. Sie starrte auf das schmierige Wattepad, es war schwarz, dazwischen ölige rote Lippenstiftflecke. Sie warf das Pad in den Mülleimer und hielt ihr Gesicht lange unter den laufenden Wasserhahn.

In den darauffolgenden Tagen machte Kleo sich auf eine erneute Anfrage von Fabienne gefasst. Sie befürchtete, Fabienne wolle nun ständig mit ihr feiern gehen, und hatte bereits eine Ausrede bereit: Zahnschmerzen, vielleicht die Weisheitszähne. Doch Fabienne meldete sich nicht mehr.

Am Osterwochenende wollten die Eltern sie zum Brunch einladen, doch Kleo hatte sich abgemeldet wegen zu viel Arbeit. Die Eltern verstanden das gut, und Kleo nutzte die Zeit zum Schlafen.

Am Ostersonntag lag sie im Pyjama auf ihrem Sofa und döste, als es plötzlich an der Tür klingelte. Es war die Mutter, sie trug eine sehr bunt geblümte Bluse und Lippenstift, in den Händen hielt sie ein grosses Osternest.

Hallo, mein Schatz!, rief sie, drückte sich an Kleo vorbei in die Wohnung, stellte das Nest auf den Tisch im Wohnzimmer und umarmte dann Kleo, die ihr wortlos gefolgt war.

Du armer Schatz hast ja nicht mal Zeit zum Putzen, sagte die Mutter, während sie sich im Raum umschaute.

Es geht schon, sagte Kleo.

Die Mutter nickte mitleidig, zeigte dann auf den Schokohasen und sagte: Von Sprüngli!

Danke, sagte Kleo.

Es kann doch nicht sein, dass mein Schatz an Ostern keinen Hasen hat, sagte die Mutter. Wie geht es dir?

Gut, und wie geht es Papi und dir?

Uns geht es prima. Deine Amaryllis wächst ja sehr schön! Hat sie eigentlich schon geblüht? Die sollten ja mehrjährig sein, das hat der Ernst doch immer gesagt. Du, sag mal, wie geht's eigentlich dem Ernst?

Wir haben keinen Kontakt.

Ach, das wird schon wieder, mein Schatz. Letztes Jahr war's doch so schön an Ostern, weisst du noch? Der Paul meinte heute auch, schade, sind die Jungen nicht da. Aber wir verstehen natürlich, dass du viel Arbeit hast, wir kennen ja dein Metier! Sie lachte. Willst du den Ernst nicht mal anrufen?

Nein, sagte Kleo. Dann meinte sie, dass sie leider noch viel vorzubereiten habe. Die Mutter verstand das natürlich und wollte auch nicht weiter stören. Kleo bedankte sich nochmals für den Hasen, sie umarmten sich und versprachen sich gegenseitig, den Osterbrunch bald nachzuholen.

Mit den Fingern prüfte Kleo ihre Zähne: an vielen Stellen spitz und scharf. Zum Glück hatte das Beissen in der Nacht aufgehört. Der Mutter wären die Male bestimmt sofort aufgefallen. Dafür war manchmal das Kissen nass und zerkaut, doch das trocknete wieder.

Teil 2

Die Hitze

Weisse Wolken jagten über das Lochergut. Es windete, immer wieder knallten ein Fensterladen oder ein umgefallenes Schild wie Schüsse. Kleos Fenster standen weit offen. Der heisse Wind fegte durch die Wohnung, er trug den Gestank von Abgasen mit sich, fuhr über den Schreibtisch und wirbelte die Hausaufgaben der Schüler durch den Raum. Auch die Blätter der Amaryllis flatterten in ihren Fesseln. Jedes Mal, wenn die Wolken für einen kurzen Moment die grelle Sonne freigaben, warfen die langen Arme tanzende Schatten an die Wände.

Kleo entfernte die Hülle von ihrem Handy, entnahm ihr das kleine, gefaltete Papier. Sie schrieb Amir eine Nachricht: Wo bist du? Wie geht es dir?
    Es erschien nur ein graues Häkchen.

Dann kam die Hitze. Rekordfrühling, hiess es in den Medien, heissester Mai seit Messbeginn. Im Schulhaus waren alle Türen und Fenster weit offen, doch draussen stand die Luft bewegungslos, und in den stickig heissen Zimmern stank es ausserordentlich: nach Schweiss, Kindern und Putzessig.

Kleo ging vor der Tafel hin und her, erzählte wie schon lange nicht mehr. Der Eisbär wird aussterben!, sagte sie. Doch die Kids hingen in ihren Bänken, mit leeren, gläsernen Augen.

In der Zehnuhrpause blieben alle an ihren Plätzen. Eine Totenstille herrschte, nur die Geräusche der Handys klingelten durchs Zimmer, und ab und zu rief jemand »Fuck!« oder »Alter!«.

Kleo sass auf ihrem Drehstuhl und drehte sich langsam hin und her, hin und her. Ihre Stirn war feucht, glänzte.

Frau Frei!, rief plötzlich ein Mädchen.

Kleo ignorierte es und schaute auf das leere Vorbereitungsheft vor sich.

Frau Frei!, rief es wieder.

Kleo sah nicht auf.

Da trat das Mädchen vor sie ans Lehrerpult und murmelte etwas, was wie eine Beleidigung klang.

Kleo fuhr hoch. Wie bitte?, fragte sie.

Nichts. Das Mädchen grinste. Frau Frei, ich wollte nur fragen, ob ich nach Hause kann, weil ich so heiss habe.

Kleo starrte in das ausdruckslose, kindliche Gesicht und sagte: Geh!

Als sich nachher auch die anderen Kinder mit der gleichen Frage meldeten, schickte Kleo die ganze Klasse nach Hause.

Der Osterhase von Sprüngli war nur noch ein gesichtsloser Klumpen. Kleo warf ihn in den Mülleimer. Dann legte sie sich in die Badewanne und liess kaltes Wasser über ihren Körper fliessen. Sie schloss die Augen, stand bald vor ihrer Klasse: Fünfundzwanzig kleine Augenpaare schauten wissbegierig zu ihr hoch. Sie hörte sich alles sagen. Und die Schüler hörten zu.

Die Weihnachtsbeleuchtung am Hochhaus blinkte rot, grün, rot. Kleo zog an ihrer Zigarette, das Rauchen entspannte ihre Kiefermuskulatur. Da erschien auf einem Balkon gegenüber wieder ein Mann in Boxershorts und rauchte ebenfalls. Er war weit weg, aber Kleo wusste, dass er sie anstarrte. Sie starrte zurück. Und starrte. Als die Zigarette abgebrannt war, zündete sie sich eine neue an. Und starrte. Irgendwann ging der Mann wieder rein. Die Weihnachtsbeleuchtung hatte nun zu einem schnelleren Rhythmus gewechselt, blinkte rasend schnell, wie die Sturmwarnung am Zürichsee.

Am nächsten Tag war Kleo so gut vorbereitet wie noch nie. Doch die Hitze drückte von allen Seiten ins Klassenzimmer, blieb darin gefangen, erhitzte sich noch weiter. Die Luft war glühend, dickflüssig, Lava. Kleo konnte sich nicht ausdrücken, wenn sie über das Polareis reden wollte, sie suchte nach Worten, ihre Kiefer pressten, sie wischte sich über die nasse Stirn, die Proteine in ihrem Kopf ploppten auf wie Spiegeleier. Sie liess die Kinder Arbeitsblätter lösen.

Die Hitze war da und blieb. In ihrer Freizeit lag Kleo zu Hause auf der Couch und schwitzte, ohne dass sie sich bewegte. Die Balkone am Hochhaus gegenüber waren verlassen und starrten schwarz, wie dunkle, tiefe Höhlen. Kleo schloss die Rollläden und liess sie unten. Auf Netflix und YouTube schaute sie ausschliesslich Dokus, die über die Welt und deren Zukunft informierten.

Sie rief ihre Mutter an, doch der Vater ging ran.

Ich bin's. Deine Mutter schläft.

Geht's ihr nicht gut?

Uns geht's super. Nur die Hitze, weisst du, wir sind auch nicht mehr die Jüngsten. Er lachte. Wie geht's dir, mein Leopard?

Gut, sagte sie.

Gehst du an die Klimademos?

Kleo verneinte. Dann erklärte sie ihrem Vater, dass sie gerade ganz froh sei, per Zufall ihn am Telefon zu erwischen, da sie sich seit kurzem frage, ob es einen Sinn habe, überhaupt noch irgendetwas zu machen, wo man doch kurz vor einem globalen Kollaps stehe.

Gute Frage, sagte der Vater. Er atmete hörbar aus und machte: Hm. Ich denke schon, dass es noch Sinn hat, etwas zu machen, sagte er dann. Auch wenn der Kollaps kommt. Man weiss ja nicht, wann der genau kommt. Ausserdem ist ein Kollaps auch immer ein Neuanfang.

Aber alles, was ich mache, macht überhaupt keinen Sinn, sagte Kleo. Was soll ich denn den Kindern beibringen, wenn sie nichts wissen wollen?

Aber Kleo!, sagte der Vater. Was sind denn das für Töne? Du musst deiner Arbeit einen Sinn verleihen, das weisst du doch. Das Lehrersein ist kein Job, es ist eine Berufung. Du musst nur an dich selbst glauben.

Wie denn? Kleo schmeckte plötzlich Blut im Mund, vermutlich hatte sich ihre Zunge wieder an den Zähnen geschnitten.

Du musst an dich selbst glauben, wiederholte er.

Aber alles wird schlimmer und schlimmer, sagte sie.

Die Zunge fuhr über die Zähne, suchte die scharfe Stelle.

Du musst das Schlimme einfach integrieren, Kleo. Es gehört auch dazu, weisst du. Alles ist eins. Und eins ist alles, das weisst du doch. Du kannst nicht dagegen ankämpfen, Kleo. Du musst nicht kämpfen, du musst integrieren!

Aber wenn der Planet zerstört wird –

Du bist auch Teil des Planeten. Und du bist Teil der Zerstörung.

Kleo schwieg. Sie hatte die scharfe Kante an einem oberen Backenzahn entdeckt, fuhr mit der Zunge immer wieder darüber, das Blut schmeckte süss.

Du scheinst mir unausgeglichen, sagte der Vater, hast du genug Bewegung?

Na ja –

Paul!, rief da im Hintergrund die Mutter. Paul, mit wem sprichst du?

Es ist die Kleine, sagte der Vater.

Kleo!, rief die Mutter.

Also, Kleo, ich gebe dich mal weiter an deine Mutter.

Aber Papi –, meinte Kleo, da rief schon die Mutter ins Telefon: Hallo, mein Schatz! Schön, dass du anrufst! Wie geht es dir?

Gut, und dir?

Uns geht's super, sagte die Mutter.

Frag sie, ob sie sich genug bewegt, hörte Kleo im Hintergrund den Vater.

Und, mein Schatz, sagte die Mutter, geniesst du das schöne Wetter?

Es ist viel zu heiss für Mai. Kleo schluckte ihren blutigen Speichel, doch sofort wurde neuer gebildet, füllte ihren Mund.

Du solltest trotzdem die Sonne geniessen und dich genug bewegen. Vor allem wenn du immer in der Schule sitzt, das ist schlecht für den Rücken. Und die Nerven. Sie lachte. Wir gehen häufig nach der Schule spazieren, dein Vater und ich. Das tut gut, gell, Paul?

Sag ihr, Bewegung hilft bei Sorgen, murmelte der Vater, und die Mutter rief erschrocken in den Hörer: Hast du Sorgen, mein Schatz?

Kleo verneinte. Dann sagte sie, sie habe noch Aufgaben zu korrigieren, was die Mutter sogleich dem Vater gegenüber wiederholte. Die Eltern lachten, dasselbe gelte auch für sie, sagte die Mutter, dann erklärten sie sich gegenseitig, dass sie sich vermissten und dass es schade sei, dass Kleo nicht mehr zu Hause wohne, und dann legten sie auf.

Die Hitze tat der Amaryllis gut. Kleo goss sie zweimal täglich. Sobald sie eine PET-Flasche voll Wasser in den Topf gegossen hatte, war das Wasser schon wieder versickert. Weitere Blätter sprossen aus der Knolle, sie waren nun nicht mehr grün, sondern gelblich. Kleo band auch die neuen Blätter mit Schnur fest.

Als Kleo eines Morgens aufwachte, dachte sie zuerst, sie hätte unruhig geträumt. Doch als sie aufstand, erkannte sie, dass die Unruhe von der Strasse kam. Sie schaute aus dem Fenster, es war schon hell und heiss, und unten stand eine Ambulanz, die Lichter blinkten stumm. Einige Nachbarn standen um das Auto herum, man hörte ihr Getuschel bis in den vierten Stock. Da trat ein Sanitäter aus dem Hauseingang, scheuchte die Menschen zur Seite, und zwei weitere Sanitäter trugen eine Bahre zum geöffneten Heck des Rettungswagens. Kleo beugte sich weit über die Brüstung. Die Person auf der Trage war zugedeckt bis zum Hals, das Gesicht war voller Schläuche. Kleo lehnte sich noch weiter aus dem Fenster, hielt die Hand über die Augen, doch dann wurde die Trage schon ins Auto geschoben.

Später, als Kleo aus der Wohnungstür trat, hörte sie unten im Treppenhaus Stimmen.

Tragisch, die alte Lady, sagte jemand, es klang wie der Student.

Man hat's ja kommen sehen, sagte eine andere Stimme, vermutlich ebenfalls ein Nachbar. Hat sich ja richtig gehenlassen, die Alte, lief nur noch im Morgenmantel rum.

Ich dachte, sie hatte Krebs.

Krebs, die Hitze, Einsamkeit, sagte der Nachbar gleichgültig, so ist das Leben … fickt uns alle.

Was geschieht nun eigentlich mit ihren Viechern, fragte der Student, wer füttert nun diese Monster?

Die beiden stiegen die Treppe hinunter, und Kleo konnte die Antwort nicht mehr hören.

Als Kleo an einem Sonntagmorgen Ende Mai früh aus dem stickigen Hauseingang trat, stand die Luft heiss und dick vor der Tür. Kleo prallte zurück, als wäre sie in eine Wand gelaufen. Sie holte tief Luft. Dann sprang sie vorwärts und ging schnell, im blendenden Schatten, huschte den Häusern entlang. Die Sonne spiegelte sich in den Fensterscheiben der Autos und schoss weisse Blitze in Kleos Augen. Sie hielt sich schützend beide Hände vors Gesicht und lief weiter. Sie traf keine Menschen.

Sie lief mitten auf der Bertastrasse, verdorrte Kirschblüten stoben auf unter ihren Füssen, zerfielen zu Staub. Am Idaplatz roch es süss, nach Verwesung, und Kleo beschleunigte ihre Schritte, rannte auf der glühenden Gertrudstrasse weiter, rannte bergwärts. Nach Heuried nahm sie Abkürzungen in der Sonne, lief über braune Wiesen. Da waren tote, pralle Fische in einem Teich, verdorrte Büsche in den Vorgärten, kein Mensch.

Auf dem Berg angekommen, bestieg Kleo den Aussichtsturm. Oben beugte sie sich weit übers Geländer. Sie konnte alles sehen: Die Stadt war ausgefranst, wucherte in der braunen Landschaft. Kleo schloss die Augen. Sie hörte auf zu atmen.

Plötzlich vibrierte ihr Mobiltelefon. Amir schrieb: Gut, und dir? Dazu seinen Live-Standort. Sie schnappte nach Luft. Schnappte mehrmals. Dann stieg sie langsam mit weichen Knien die Treppen hinunter. Sie war nass geschwitzt, der Kiefer malmte, die Zähne knirschten.

Steile Serpentinen bergab. Durch den blätterlosen Wald. Unten am Berg das Tram zum Hauptbahnhof, dann weiter mit der S-Bahn nach Schlieren und von dort mit dem 302er nach Oberurdorf.

Kleo ging über die Weide zum Büro der Hundeschule. Beim Schuppen setzte sie sich in den Schatten an die Hauswand und sendete Amir ihren Standort. Sie wartete. Die Luft flirrte, und es stank nach Mist.

Amir kam. Er lachte schon von weitem und setzte sich neben sie.

Du siehst gut aus, sagte er. Die Hitze steht dir gut!

Kleo lächelte, zeigte ihm ihre Zähne.

Amir zeigte darauf und sagte: *Dens caninus!*

Wie?

Dog tooth, sagte er, dachte nach und übersetzte: Eckzahn.

Sie schwiegen.

Irgendwann sagte Amir: Sie lassen mich hier nicht studieren. Nicht arbeiten. Nichts.

Wieso nicht?

Er zuckte mit den Schultern.

Sie sassen eine Weile da, ohne sich anzuschauen.

Irgendwann erhob sich Kleo. Sie ging über die vertrocknete Weide zur Bushaltestelle, nahm den 302er nach Schlieren und von dort das 2er-Tram zum Lochergut. Die Strassen waren immer noch leer.

An Auffahrt schickte der Vater das Bild einer kleinen Brücke in den Familienchat, dazu ein Zwinkersmiley und die Aufforderung, das lange Wochenende zu geniessen, an Pfingsten schrieb er: Achtung, der Heilige Geist steht vor der Tür.

Die Hitze nahm stetig zu, Rekordsommer nach Rekordfrühling, hiess es in den Medien, heissester Juni seit Messbeginn, und es wurde landesweit verboten, die Gärten zu wässern.

Die Nachbarn hinter Kleos Schlafzimmer waren nun öfter zu Hause. Ständig hörte Kleo durch die Wand das Ächzen, Schnaufen und Klopfen. Wenn sie an die Wand schlug, gab es eine kurze Pause, dann wurde alles schneller und lauter, Ächzen, Schnaufen, Klopfen.

Kleo sass auf dem Fenstersims und warf den Möwen trockenes Brot zu. Die Tiere waren sehr geschickt: Sie fingen die Brotstücke mitten im Flug in der Luft. Manchmal, wenn zwei Möwen dasselbe Stück anpeilten, hackte die Verliererin der anderen mit dem spitzen Schnabel auf den Kopf. Dann kreischten beide wie verrückt, und Kleo lachte.

Kleo stand im Bad vor dem Spiegel. Ihr Gesicht war bleich, blutarm, wie es schon ihr Leben lang gewesen war. Doch in ihren Augen entdeckte sie ein eigenartiges grünes Schimmern. Ganz langsam hob sie ihre Lippen zu einem Lächeln. *Dens caninus.* Ihre Eckzähne blitzten lang und spitz.

Der Zooeingang war verlassen. Niemand stand an, und Kleo fragte sich, ob die Anlage vielleicht wegen der Hitze geschlossen war. Doch als sie näher herantrat, erkannte sie hinter der Scheibe am Ticketschalter eine Angestellte, die leidend dreinschaute und sich mit einem Taschentuch den Schweiss von der Stirn tupfte. Kleo kaufte eine Eintrittskarte und betrat den Zoo.

Früher war sie häufig mit dem Vater hergekommen, sie standen jeweils stundenlang vor dem Gorillakäfig, und der Vater erzählte von der Evolution, erklärte seiner Tochter ausführlich ihre eigene Abstammung. Kleo interessierte sich eigentlich mehr für andere Geschichten als Darwins und für andere Tiere als die Affen – sie wollte zu den Katzen, doch den Vater beeindruckte ihr Betteln nicht. Nur selten liess er einen Besuch des Raubtierhauses zu. Er sagte immer: Niemand, der glücklich ist, besucht die Raubkatzen. Glückliche Leute gehen ins Affenhaus.

Von der leicht erhöhten Plattform aus konnte man ins Gehege hinabsehen. Zwei Löwinnen und ein Löwe lagen in der Sonne, die Pranken von sich gestreckt. Die Hitze war unerträglich, die Luft flimmerte, das Gras im Gehege war verdorrt und an einigen Stellen vergilbt. Kleo beugte sich über den Zaun, sie konnte die Raubtiere riechen: streng, scharf und mächtig.

Doch die Löwen lagen da wie tot. Die Leiber waren ausgezehrt, ihre Gesichter in den massiven Köpfen klein und eingefallen.

Da trat ein Vater mit einem kleinen Mädchen auf dem Arm neben Kleo. Er hob das Kind hoch über das Geländer, damit es die Löwen besser sehen konnte.

Schau, da ist Simba!, sagte der Vater.

Das Mädchen kicherte und rief: Simba!

Plötzlich hob der Löwe seinen Kopf, blinzelte, seine Nasenlöcher weiteten sich.

Das kleine Mädchen kreischte erfreut: Papi! Er lebt!

Er hat uns gerochen, sagte der Vater. Jetzt will er uns fressen!

Wieder kreischte das Mädchen: Papi!

Und der Vater sagte: Nein, nein. Der hat keinen Hunger, der bekommt genug zu fressen. Schau doch nur mal, wie zufrieden die daliegen. Die haben ein schönes Leben. Wie im Hotel!

Papi!, rief das Mädchen. Und dann kichernd: Ich will zu den Affen, ich will zu den Affen.

Die beiden verschwanden, und der Löwe erstarrte.

Nun drängelte sich eine Gruppe Jugendlicher neben Kleo ans Geländer. Die Jungs schrien, lachten und boxten sich. Sie rüttelten am Zaun, und einer warf eine leere Coladose ins Gehege und traf eine Löwin am Kopf, doch das Tier rührte sich nicht.

Unterhalb der Plattform war eine Art künstliche Höhle, man blickte dort durch eine Glasscheibe quasi auf Augenhöhe auf die Tiere. Zwischen der Scheibe und den Löwen lag ein künstlicher See aus braunem Wasser.

An der Oberfläche schwammen weisse Fische mit aufgeblähten Bäuchen und grossen, milchigen Augen. Kleo wandte den Blick ab und betrat das Raubtierhaus.

Von hier konnte man durch eine Scheibe in den Innenbereich des Geheges sehen. Die Löwen mussten jedoch alle draussen sein, am Zellenboden lagen nur einige beachtlich grosse Rippenbögen, vermutlich von Rindern. Die Knochen waren fein säuberlich abgenagt, abgeleckt und strahlten silbern auf dem schmutzigen Boden. Vielleicht waren es auch Requisiten.

Die Luft war noch heisser als draussen, dazu feucht. Kleo sog den Raubkatzengeruch durch ihren Mund ein, er schmeckte scharf auf der Zunge und süss zugleich. Ihre Kiefer begannen plötzlich wieder zu schmerzen, und Kleo versuchte ihr Gebiss zu lockern. Sie glitt mit der Zunge über die scharfen Kanten ihrer Eckzähne und sah sich im Raum um. Das Raubtierhaus war besser eingerichtet als früher, statt den kleinen Käfigen mit zehn verschiedenen Raubkatzen gab es nun eine Ausstellung über Löwen.

Kleo setzte sich auf einen Schemel vor dem Bildschirm, massierte ihre Backen und trocknete ihr Gesicht am T-Shirt. Gerade wurde etwas über die Sphinx erzählt, und eindrückliche Bilder von Ägypten erschienen auf dem Bildschirm. Kleo war noch nie in Ägypten gewesen, obwohl die Eltern noch heute von ihrer Hochzeitsreise schwärmten und stets versprachen, da mal als Familie hinzureisen.

Das waren die schönsten Ferien unseres Lebens, sagte die Mutter häufig, schaute dann zum Vater: Gell, Paul?

Und dann strahlend zu Kleo: Schliesslich bist du dort entstanden, mein Schatz.

Kleo machte ein Foto von der Sphinx auf dem Bildschirm, schickte es in den Familienchat und schrieb dazu: Wann?

Niemand antwortete, die Eltern waren wohl gerade offline.

Der Schneeleopard lag auf einem Felsen, den Kopf gehoben, die Augen geschlossen. Das Fell sah selbst auf die Distanz etwas klebrig aus, und an einigen Stellen war die Haut kahl, vermutlich litt er an einer Hautkrankheit und leckte sich wund.

Ist das eine bruchsichere Scheibe?, fragte eine Frau neben Kleo.

Das ist keine Scheibe, erwiderte ihr Mann, das ist nur ein Gitter.

Jesses Gott!, schrie die Frau und machte intuitiv einen Schritt rückwärts. Du hast recht, sagte sie dann, das ist ja nur ein dünnes Gitter!

Der Mann lachte und zeigte auf den Schneeleoparden, wird schon reichen für diese Schnarchnase! Dann zückte er sein Smartphone und bedeutete seiner Frau, sich so vor dem Gitter zu positionieren – so, dass das Tier, perspektivisch gesehen, genau neben ihr wäre.

Der Schneeleopard verharrte immer noch in der gleichen Position: Kopf gehoben, Augen geschlossen, nun hatte er jedoch ein leichtes Lächeln auf den Lippen.

Kusch, rief der Mann, kusch, kusch! Und dann verärgert zu seiner Frau: Der will einfach nicht herschauen.

Da gab die Frau ihre Pose auf, drehte sich um, klatschte in die Hände und rief ebenfalls: Kusch! Kusch!

Der Schneeleopard rührte sich nicht.

So ein arrogantes Tier!, rief sie.

Kusch, machte der Mann ein letztes Mal, kusch, kusch!, rüttelte am Gitter, doch die Drähte waren tatsächlich sehr dünn und gaben kaum ein Geräusch von sich.

Ist das ein langweiliges Vieh, sagte die Frau, gehen wir zu den Affen. Das Paar verschwand.

Der Schneeleopard lachte: Seine Mundwinkel waren fast bis zu den geschlossenen Augen hochgezogen. Kleo grinste ebenfalls, zeigte ihre Zähne. Plötzlich schlug der Schneeleopard seine Augen auf, hellwach sah er aus, und erhob sich. Seine Beinchen waren dünn, fast haarlos und gerötet, die riesigen Pfoten wirkten jetzt, wo er stand, noch grösser, eigenartig geschwollen. Langsam und etwas schwankend kletterte er von seinem Fels und ging auf eine der Birken zu, die blätterlos und vertrocknet wie Skelette im ganzen Gehege verteilt standen. Der Schneeleopard erhob sich auf seine Hinterpfoten und rieb seinen Rücken am Stamm. Ganze Haarbüschel blieben an der weissen Rinde kleben, Kleo konnte es genau erkennen.

Dann plötzlich hörte der Schneeleopard auf, sich zu kratzen, er stand reglos da, und einen Moment lang blickte er Kleo direkt in die Augen. Sie starrte zurück, doch er drehte sich zur Seite und ging dann langsam am Gitter vorbei. Den langen, fast kahlen und klebrig glänzenden Schwanz zog er reglos hinter sich her, nur das dunkle Ende hob sich müde in die Höhe.

Bald verschwand der Schneeleopard aus Kleos Blickfeld, er musste sich in dem einzigen Quadratmeter des Geheges niedergelegt haben, der nicht vom Gitter aus zu sehen war. Nur die dunkle Schwanzspitze war noch zu erkennen. Kleo schaute ihr eine Weile zu, wie sie sich in einem langsamen Rhythmus hob und senkte, sie sah aus wie der Kopf einer sterbenden Schlange.

Bei den Tigern herrschte ein richtiges Gedränge. Kleo schob sich durch die Menschen ganz nach vorn, bis sie direkt am brusthohen Geländer stand. Im Gehege war ein Tier zu erkennen, ein Weibchen, das hatte Kleo auf dem Schild gelesen. Die Tigerin lag auf der trockenen Erde, die Vorderpfoten überkreuzt, die Augen zu dünnen Schlitzen geschlossen.

Wo ist der Tiger? Wo? Ein kleines Mädchen gleich neben Kleo sprang immer wieder am Geländer hoch und versuchte drüberzublicken. Sie schrie: Wo ist der Tiger? Ich kann ihn nicht sehen! Und dann heulte sie laut.

Was macht er da?, fragte ein grösseres Kind, das den Tiger in seiner Haltung erkennen konnte.

Studieren, sagte seine Mutter.

Warum?

Darum, sagte die Mutter, verdrehte leicht die Augen und zog das Kind weg vom Gitter. Wir gehen zu den Affen, sagte sie.

Kleo beobachtete die Tigerin. Plötzlich begannen ihre Zähne zu knirschen, der Blick wie gebannt auf dem Tier.

Dann fing sie an zu knurren, zuerst leise und kehlig, dann immer lauter, sie riss ihr Gebiss auf und brüllte. Sie schüttelte den Kopf, die Haare flogen, und mit den Händen krallte sie sich ans Gitter.

Dann war alles vorbei. Sie sah sich zitternd um: Niemand beachtete sie. Die Kinder sprangen am Gitter hoch, die Mütter plapperten, die Tigerin lag regungslos da.

Da trat plötzlich eine Wärterin an Kleo heran. Es war eine mittelalte Frau mit kurzen weissen Haaren, dickrahmiger Brille. Sie trug ein Cap mit der Aufschrift *zooh!*.

Schöne Tiere, nicht wahr?, sagte die Wärterin und grinste fröhlich. Sie schauen ihnen ja schon eine ganze Weile zu.

Kleo nickte. Erst da fiel ihr auf, dass sie sich mit beiden Händen ans Gitter geklammert hatte. Langsam liess sie es los. Schauder flogen über ihren Nacken.

Man kann diese Tiere wirklich stundenlang anschauen, sagte die Wärterin, und ihr Verhalten studieren. Und irgendwann versteht man sie plötzlich. Man sagt, manche können sogar mit ihnen reden … Die Stimme der Wärterin hatte einen eigenartigen Beiton erhalten, sie musterte Kleo durch ihre dicken Brillengläser, doch dann lachte sie auf, tippte sich an die Brille und fuhr dann fort: Nein, im Ernst, je mehr wir über unsere Katzen wissen, desto besser können wir es ihnen einrichten.

Kleo nickte wieder. Sie spähte unauffällig ins Gehege: Die Tigerin gähnte.

Wie Sie vielleicht bemerkt haben, sagte die Wärterin, haben wir ein neues Fütterungssystem.

Kleo schwieg, doch als die Wärterin sie eindringlich von der Seite anblickte, löste sie endlich den Blick von der Tigerin und sagte: Das habe ich nicht bemerkt.

Doch, doch, das neue Fütterungssystem ist epochal! Sehen Sie, es macht das Leben für den Tiger richtig echt, wie in freier Wildbahn. Es ist nämlich so, wissen Sie, dass eigentlich – in der Natur, meine ich – nur ein Raubzug von zehn erfolgreich ist. Das heisst, die Tiger sind es sich gewohnt, dass sie auch mal leer ausgehen. Unser Zoo hat deshalb dieses neue, wunderbare System eingeführt. Sie zeigte auf das Metallgehäuse in der Mitte des Geheges: Sehen Sie die Box dort?

Kleo nickte.

Da machen wir jeweils das Futter rein. Eine Hammelkeule oder sonst einen Leckerbissen. Die Wärterin nickte mit Kennermiene. Manchmal machen wir aber auch nichts rein. Sie grinste. Und das ist genau der Knackpunkt unseres neuen Fütterungssystems. Sehen Sie, der Tiger geht nun immer zur Box, doch nicht immer gibt es was zu fressen. Das ist genau wie in der Natur! Sie glauben es nicht, aber seit wir dieses System haben, laufen die Tiere nicht mehr blöd im Kreis oder einfach nur hin und her. Nein, die Tiger verhalten sich nun ganz natürlich.

Schön, sagte Kleo.

Ja, das ist natürlich viel schöner anzuschauen für unsere Besucher. Ein Zoobesuch hinterlässt dann nicht mehr diesen depressiven Eindruck … Sie lachte. Früher haben die Kinder ja häufig vor den Käfigen geweint, weil die Katzen nur im Kreis liefen. Sie verdrehte leicht die Augen, während ihr Mund weiterhin lachte. Sie können sich ja vorstellen, was das für ein Geheule war. Wir sind also alle froh, haben wir dieses neue Fütterungssystem.

Verstehe, sagte Kleo.

Wir sind ein ganz fortschrittlicher Zoo, sagte die Wärterin und schob erneut ihre Brille zurecht.

Kleo nickte. Gibt es hier eigentlich auch Leoparden?, fragte sie dann.

Leoparden?, meinte die Frau. Nein.

Okay, sagte Kleo. Dann bedankte sie sich für die Auskunft, wollte gehen, aber die Wärterin redete weiter: Keine Leoparden. Aber wissen Sie, es gab mal eine Zeit, da besass der Zürcher Zoo Panther. Stellen Sie sich vor: mächtige schwarze Panther! Das sind ja eigentlich auch Leoparden, wissen Sie, einfach in Schwarz. Ein schwarzer Panther ist nämlich nicht einfach schwarz, der hat auch Flecke, wenn man genau hinschaut. Aber so nah sollte man ja nicht kommen, dass man die Flecke sieht, haha! Die nennt man übrigens Rosetten, diese Flecke, das sind ja nicht einfach Flecke. Das wissen die meisten Menschen nicht, dass Panther eigentlich Leoparden sind. Jedenfalls erzählt man sich in unserem Team eine Geschichte über einen schwarzen Panther, der mal ausgebüxt ist. Die Frau lachte. Ein richtiger Running Gag beim Gehegeschliessen: Und, Peter, hast du den Panther eingeschlossen? Sie lachte wieder.

Und hat man ihn erwischt?

Na ja, ich denke schon. Ich glaube, man hat ihn erschossen. Die Frau blickte nachdenklich, dann sagte sie: Ziemlich sicher hat man das. Da fackelt man nicht lange. So ein Panther kann ja richtig Angst machen. So ein gewaltiges, unberechenbares Tier … Ihre Augen wurden plötzlich gross, die Stimme leise, flüsternd. Wissen Sie, nicht umsonst heisst es in der Offenbarung: »Das Tier, das ich sah, glich einem Panther …«

Sie schwieg mit vielsagendem Blick, für einen Augenblick herrschte Stille.

Dann sagte sie lachend: Aber so genau weiss ich das auch nicht. Müsste man mal googeln. Sie nahm die Brille von der Nase und rieb sie an ihrem T-Shirt. Jedenfalls passe ich immer ganz gut auf, dass meine Katzen schön eingeschlossen sind.

Kleo lachte auch, hob ihre Lippen, zeigte die Zähne. Dann sagte sie: Ich muss weiter.

Die Frau setzte die Brille wieder auf, tippte sich an ihr Cap und sagte: Bis bald!

Nun war die Mittagsstunde erreicht, die Sonne stand am höchsten Punkt und brannte auf den Zoo herab. Kleo ging zur Abkühlung in die Masoala-Halle. Sie setzte sich zum Verschnaufen auf eine Bank, wischte sich den Schweiss von der Stirn, atmete tief ein und aus. Die Luft in der Regenwaldhalle war zwar warm, feucht und roch nach Kompost, trotzdem war es um einiges kühler und angenehmer als draussen. Kleo entspannte sich allmählich, sie schloss sogar die Augen. Da fiel ihr plötzlich die ungewohnte Stille auf. Man hörte keine Vögel zwitschern wie früher, kein Bächlein plätschern, keine Äffchen kreischen. Kleo schlug die Augen wieder auf und sah sich um: Die Bäume und Pflanzen liessen ihre Blätter welk herabhängen, von manchen tropfte eine Art bräunlicher Schleim. Es war wohl dieser Schleim, der wie eine über Wochen vergessene Packung Fertigsalat roch. Tiere konnte sie keine entdecken, nicht mal Schmetterlinge, die sonst den künstlichen Tropenhimmel beflogen. Nur die Sonnenstrahlen waren noch da und brannten durch das gläserne Dach.

Nachdem sich Kleo etwas ausgeruht hatte, stand sie auf und folgte dem Pfad durch die Anlage. Sie musste aufpassen, wo sie hintrat, überall lagen tote Käfer und andere Insekten auf dem Boden, manchmal auch aufgedunsene weisse Würmer, die zerplatzten, wenn Kleo versehentlich drauftrat.

Bald begegnete Kleo zwei Wärtern, die etwas Schweres und Grosses in einer Plastikplane hinter sich herzogen. Als sie sich kreuzten, stieg ihr ein eigenartiger Geruch in die Nase, es roch gleichzeitig intensiv süsslich und abgründig faul. Unauffällig spähte Kleo in die Plane und zuckte sogleich erschrocken zurück. Sie war sich sicher, unter dem Plastik den Panzer einer Schildkröte erkannt zu haben.

Die Wärter hatten ihren Blick gesehen, sie grüssten sehr fröhlich, grinsten, zogen aber sogleich etwas kräftiger an der Plane und verschwanden mit ihrer Ware auf einer Abzweigung des Weges.

Kleo blieb stehen und blickte ihnen nach. Dann rannte sie plötzlich los, verliess die Halle durch den

Eingang und lief den kurvigen Weg zurück in Richtung Haupteingang.

Pinguinparade!, rief ein Wärter durch ein Megaphon. Pinguinparade! Er sass unter einem Sonnenschirm auf einem Campingstuhl, trug Shorts in den Farben des Zoos, und sein nackter Oberkörper glänzte ölig. Auch auf seinem Kopf war ein Cap mit der Aufschrift *zooh!*.

Pinguinparade! Meine Damen und Herren, liebe Kinder, kommen Sie zur Pinguinparade!

Hinter dem Vogelhaus und dem Wärter mit dem Megaphon war bereits der Ausgang zu erkennen. Kleo keuchte, das Atmen fiel ihr schwer.

Da sah sie plötzlich die zerzausten, dürren Vögel: Sie waren vor dem Wärter in einer Reihe aufgestellt und glühten in der Hitze. Viele hatten keine Federn mehr, sie sahen aus wie gerupft, und ihre langen schwarzen Schnäbel stachen spitz aus den eingefallenen Gesichtern hervor.

Pinguinparade! Schauen Sie den Tanz der Pinguine!

Kleo eilte weiter, blickte dabei auf die Pinguinparade und stolperte plötzlich. Erschrocken schrie sie auf. Sie war in einen kleinen Pinguin getreten, der Vogel blieb in einem Häufchen von hellgrauen Flaumfedern am Boden liegen.

Langsam streckte sie die Hand aus, tippte dem Pinguin mit dem Zeigefinger auf die Brust. Als er sich nicht regte, nahm sie seinen ausgezehrten Körper und setzte ihn auf die Füsse, die aussahen wie verdorrte Krallen. Sofort kippte er wieder um. Die Augen weit aufgerissen und gläsern.

Kleo blickte zum Wärter. Er rief in sein Megaphon und beachtete sie nicht. Da packte Kleo den kleinen Vogel und steckte ihn unter ihr T-Shirt. Dann rannte sie los, presste den starren, aber immer noch heissen Körper an ihren Bauch, stürzte durch das Drehkreuz beim Eingang, die letzten Flaumfedern rieselten unter ihrem Shirt hervor, sie rannte zur Tramstation, der Schweiss tropfte von ihrer Stirn, und nahm den 6er zurück in die Stadt.

Zu Hause wusste sie nicht, was sie mit dem toten Pinguin anfangen sollte, zumal er bereits etwas zu riechen begann. Sie bettete ihn in einen alten Korb und stellte den Korb neben ihr Bett. Am nächsten Morgen, noch vor Sonnenaufgang, ging sie zum Fluss und setzte den Korb aufs Wasser. Noch lange schaute sie ihm nach, bis er ganz klein wurde, ein Punkt, und als er dann schliesslich nicht mehr zu sehen war, ging sie nach Hause.

Als Kleo aus unruhigen Träumen erwachte, stellte sie fest, dass die Zähne brannten, bluteten. Sie sah sich um, ihr ganzes Bett war nass geschwitzt. Sie hatte den Pinguin gesehen. Lange Hakennase und riesige, leere Augenhöhlen.

Über dem Lochergut flirrte die Hitze. Man konnte den schmelzenden Strassenbelag bis in den vierten Stock riechen. Kleo sass auf dem Fenstersims, rauchte, und der Rauch blieb vor dem Fenster in der Hitze stehen. Die Strassen waren leer.

Plötzlich klingelte es an der Wohnungstür, und Kleo zuckte zusammen. Sofort drückte sie die Zigarette aus, warf sie auf die Strasse und kletterte an der Amaryllis vorbei zurück in die Wohnung. Die Pflanze hatte unterdessen noch fünf weitere Arme hervorgebracht und sass wie eine kleine Krake in ihrem Topf neben dem Fenster.

Wieder klingelte es, und Kleo spähte durch den Türspion. Es war die Mutter.

Kleo schloss auf.

Hallo, mein Schatz!

Hallo.

Die Mutter drückte Kleo an sich. Dann liess sie sie gleich wieder los, du weisst schon, dass Rauchen die Zähne gelb macht?, fragte sie, erwartete aber keine Antwort, bückte sich, hob einen grossen Karton auf, der vor der Wohnung stand, und streckte ihn Kleo hin: Für dich!

Kleo nahm das Paket entgegen, es war nicht so schwer, wie es aussah.

Danke. Was ist das?

Mach es auf! Mach es auf! Die Mutter lachte und trat an Kleo vorbei in die Wohnung.

Willst du einen Kaffee?, fragte sie dann aus der Küche.

Nein, danke, antwortete Kleo.

Sie trug das Paket ins Wohnzimmer und begann das braune Klebeband zu lösen. Es klebte fest, doch als Kleo mit den Zähnen daran riss, liess es sich entfernen.

Die Mutter kam mit zwei Kaffeetassen ins Wohnzimmer.

Hier, Kaffee für dich.

Kleo sagte nichts und öffnete die Schachtel. Sie hob das Ding aus dem Karton und schälte es aus seiner Verpackung: Es war ein silberner Ventilator.

Cool, sagte sie, danke!

Probier ihn aus!, sagte die Mutter. Sie sass auf der Couch und liess ihren Blick über die Einrichtung gleiten.

Die Amaryllis gedeiht ja wirklich prächtig, sagte sie. Und dann: Hast du mal was von Ernst gehört?

Kleo hatte den Ventilator eingesteckt und drückte auf Start. Sofort entfuhr dem Ding ein strenger Luftstrom, und die Blätter der Amaryllis wirbelten in ihren Fesseln.

Der ist super, sagte Kleo. Danke!

Nicht wahr, mein Schatz! Paul und ich haben den gleichen. War Aktion beim Interdiscount. Bei dieser Hitze muss man ja schauen, wo man bleibt … Sie seufzte. Habt ihr's auch so heiss in der Schule? Unerträglich! Sie blies die Luft aus ihren Backen. Aber sag mal, Kleo, hast du was von Ernst gehört?

Kleo schüttelte den Kopf und probierte die verschiedenen Knöpfe des Ventilators aus. Es gab noch weitere Steigerungsstufen.

Das wird schon wieder, sagte die Mutter, da bin ich mir sicher!

Kleo nickte, dann hielt sie ihr Gesicht in den Luftstrom, die Haare flatterten im Wind, und sie grinste.

Die Mutter sagte: Pass auf, dass es dir nicht die Haare reinzieht, Kleo! Pass auf!

Kleo reagierte nicht, und die Mutter rief: Kleoparda!

Als Kleo immer noch nicht reagierte, stand die Mutter auf und drückte auf Stopp.

Dann zeigte sie auf die Kaffeetasse. Hier, mein Schatz, dein Kaffee wird kalt!

Kleo nahm die Tasse und setzte sich neben ihre Mutter auf die Couch. Die Mutter erzählte eine Weile angeregt von ihrer Arbeit in der Schule, doch bald musste sie weiter, obwohl sie gerne noch länger geblieben wäre.

Als die Mutter gegangen war, warf Kleo den Ventilator wieder an. Sie stand am Fenster, inmitten der wehenden Blätter, und freute sich. Eine ganze Weile stand sie so im künstlichen Luftstrom. Da erschien am Himmel die Silhouette eines Raubvogels. Der Vogel pfiff und zog seine Kreise. Kleo beobachtete sein Treiben eine Weile. Sie konnte sich nicht entscheiden, ob es ein Habicht war oder ein Mäusebussard.

An einem Sonntagnachmittag Ende Juni lagen Kleo und Felicitas in einer Badeanstalt an der Limmat. Der Wasserstand des Flusses war so niedrig wie noch nie, hiess es in den Nachrichten, obwohl die Gletscher in den Bergen so schnell schmolzen wie noch nie.

Du siehst besser aus als sonst, sagte Felicitas.

Kleos blutarme Hautfarbe hatte von Weiss zu bleich gewechselt.

Wie läuft's eigentlich mit deinem Künstler?, fragte Felicitas und cremte sich ihre Beine ein.

Na ja –

Komm, creme dich auch ein. Sie streckte ihr die Tube hin. Mit deinem Hauttyp musst du wirklich aufpassen.

Danke.

Und?

Wir sehen uns nicht mehr.

Wieso nicht? Felicitas hatte mit dem Cremen innegehalten und schaute sie forschend an.

Kleo beobachtete ihr Badetuch, sie hatte es, seit sie klein war. Es war vom vielen Waschen bereits grau geworden, und die schwarzen Leopardentupfen hatten an Kontrast eingebüsst. Schweisstropfen fielen von Kleos Nase auf das Tuch. Auch aus den Kniekehlen und Ellenbogen quollen kleine Rinnsale, und im Dekolleté standen dicke Tropfen, die, wenn sie zu prall wurden, plötzlich losflossen, dabei weitere Tropfen mit sich rissen und bald als kleiner Sturzbach über Kleos Brust rannen.

Scheisse, ist das heiss, sagte Kleo, wischte sich den heissen Schweiss von der Stirn, bevor er in die Augen fliessen konnte, und stand auf. Komm, Feli, lass uns schwimmen gehen.

Erst wenn die Sonnencreme eingezogen ist, sagte sie.

Okay. Kleo setzte sich wieder hin, auf das Leopardenfell, im Schneidersitz. Wie geht's Clemens?, fragte sie, bevor Feli nachhaken konnte.

Gut!, sagte Felicitas fröhlich. Uns geht's gut!

Dann verschwand ihr Lächeln ganz langsam, sie cremte sich nochmals die Beine ein, ohne es zu merken, und sagte: Na ja, also weisst du, wir sind halt beide immer sehr erschöpft, wenn wir uns sehen, abends. Wir haben beide sehr viel Arbeit. Ich weiss nicht, was mit den Menschen los ist, alle brauchen zurzeit eine Therapie. Als wär's ansteckend ...

Feli seufzte, sie wirkte auf einmal müde. Ihr Blick wurde eigenartig unsicher, sie sagte: Clemens macht viele Überstunden, weisst du. Oft sehen wir uns gar nicht, für Tage. Manchmal schläft er auch bei einem Freund, der in der Nähe seines Büros wohnt, wenn es allzu spät wird. So kann er Zeit sparen, sagt er. Das verstehe ich natürlich ...

Feli schwieg einen Moment, dann schien sie sich plötzlich zu besinnen, lachte auf. Aber so ist das halt, wenn man erfolgreich ist. Die Patienten lieben mich! Dann sprang sie auf, klatschte in die Hände: Komm, lass uns reinhüpfen.

Sie folgten flussaufwärts dem kleinen Pfad auf dem Wehr, bis es nicht mehr weiterging. Hier teilte sich der Fluss normalerweise in einen Kanal und ein eher naturbelassenes Flussbett. Diesen Sommer hatte die Stadt den ganzen Fluss in den Kanal geleitet, um noch eine eine Art Strömung fürs Elektrizitätswerk zu erzeugen. Das breite Flussbett daneben war ausgetrocknet.

Felicitas kletterte auf die Betonmauer, streckte sich, Adidas-Badeanzug, Kopfsprung. Kleo kletterte die Leiter hinab, nässte sich an, Bauch, Schultern, Kopf, und glitt dann langsam ins Wasser. Felicitas schwamm viele Meter voraus. Kleo trieb. Überall Körper, der Fluss voller Köpfe, und das Wasser brodelte. Kleo schaute in die Tiefe, spähte nach den toten Fischen. Aber das Wasser war braun, sie konnte nichts erkennen.

Kleo schwamm ein paar Meter und steuerte dann auf die letzte Ausstiegstreppe an der linken Seite zu. Sie nahm sonst immer die mittlere Treppe, denn die Turbinen des Elektrizitätswerks zerstückelten alles, was nicht rechtzeitig das Wasser verliess. Doch Felicitas stand beim letzten Ausstieg auf dem Betonboden und winkte. Winkte und pfiff. Kleos Kiefer waren hart wie Stein. Sie winkte auch.

Die letzte Treppe kam näher und mit ihr die Körper im Wasser, Köpfe, Arme, Glieder, da prallte sie von hinten mit den Füssen in jemanden, der auch gerade versuchte, auf der Treppe zu landen.

Mein Gott!, rief die Person und lachte laut auf. Unglaublich! So trifft man sich wieder. Ernst hatte sich aufgerichtet und blickte auf Kleo herab.

Kleo war in der Hocke, versuchte, auf der Treppe Fuss

zu fassen, die Strömung drückte sie an die algenbewachsenen Betonstufen.

Da sind unsere grossen Füsse wohl aneinandergeraten. Er lachte. Dann fragte er übers ganze Gesicht strahlend: Wie geht es dir?

Gut! Kleo krallte sich mit den Fingern an den glitschigen Tritten fest.

Endlich stand sie, kehrte Ernst den Rücken zu. Drückte die Polster ihres Bikinioberteils, Wasser strömte über den Bauch. Dann drehte sie sich um.

Und dir?

Mir geht's super!

Er war braun gebrannt, sein blondes Haar war schulterlang, glänzte in der Sonne, und er hatte abgenommen, war sogar schon etwas drahtig.

Hast du abgenommen?

Er lachte. Ja, ich mache viel Yoga.

Schön.

Sie standen beide im Wasser auf der Treppe, und die Strömung zog an ihren Waden.

Hast du Ferien?, fragte er.

Noch nicht. Schulferien sind erst in zwei Wochen.

Das ist ja bald.

Kleo nickte, strich sich das nasse Haar aus dem Gesicht, lächelte.

Ich habe jetzt ewige Ferien, weisst du. Ich habe meinen Job gekündigt.

Was?

Ich hab's endlich eingesehen: Dieses Consulting-Business ist nichts für mich.

Dann hast du einfach gekündigt?

Er nickte.

Echt? Aber ohne dich sind Ernst & Young ja nur noch jung. Kleo lachte sehr laut. Ernst lachte mit, wie er es immer tat, wenn sie etwas Witziges sagte und dann selbst am meisten darüber lachte, und meinte dann: Ich habe auch die Wohnung gekündigt. Ich gehe auf Weltreise. Zuerst nach Indien. Meine Freundin ist Yogalehrerin. Wir gehen zusammen in einen Aschram.

Aschram? Kleos Lachen gefror, sie starrte ihn an, eine Sekunde nur, dann schnellten die Mundwinkel wieder in die Höhe.

Das ist ein Meditationszentrum.

Ich weiss.

Stimmt. Du weisst ja alles.

Kleo grinste, hob ihre Lippen und zeigte die Zähne.

Ich fühle mich endlich so frei, weisst du, sagte er. Frei von diesem Optimierungsdrang der Gesellschaft! Das glaubst du nicht, Kleo, seit ich dieses Optimieren aufgegeben habe, fühle ich mich endlich gesund. Ich ernähre mich natürlich auch ganz gesund, kein Alkohol mehr, keine Drogen, kein Fleisch. Und viel Yoga. Ich mache einfach nur noch das, was mir guttut.

Er hielt inne und lachte, seine perfekte Zahnreihe leuchtete weisser als die Sonne.

Dann fuhr er fort: Weisst du, Kleo, es geht nicht ums Geld im Leben, um die Arbeit. Das habe ich jetzt eingesehen. Nein, es geht nämlich darum, das Leben zu leben. Andere Kulturen kennenzulernen, andere Lebensweisen.

Ernst breitete seine Arme aus, während er erzählte, als wolle er das Universum umarmen. Kleo hörte Freiheit, Leben, Liebe.

Alice und ich werden deshalb für unbestimmte Zeit die Welt bereisen, schloss er.

Okay, sagte Kleo. Also. Sie stieg aus dem Wasser.

Bist du mit Feli hier?

Kleo nickte, winkte, also dann.

Er hastete aus dem Wasser und folgte ihr. Felicitas hatte den beiden schon die ganze Zeit zugesehen. Sie grinste, die Nasenlöcher neugierig gebläht.

Feli!, rief Ernst und eilte ihr entgegen.

Wir haben keine Zeit, sagte Kleo.

Doch Ernst ging mit ausgebreiteten Armen auf Feli zu. Die beiden umarmten sich strahlend und beteuerten sich gegenseitig, wie gut sie aussähen.

Kleos Kiefer krampfte. Sie schloss die Augen, kniff sie zusammen, doch das blendende Licht im Kopf blieb, die Zähne schmerzten, und sie öffnete die Augen wieder. Dann riss sie Felicitas am Arm und zischte: Komm.

Kleos Platz war nicht mehr im Schatten, das verwaschene Leopardenfell brannte in der Sonne. Sie legte sich bäuchlings drauf.

Der Ernst sieht ja richtig gut aus, sagte Felicitas, ein richtiger Adonis mit diesen goldenen Haaren. Sieht richtig glücklich aus. Und mutig, dass er einfach alles aufgegeben hat. Dieses Yogading scheint ihm echt gutzutun. Hey, sie stiess Kleo ihren Zeigefinger in die Seite, willst du's nicht noch mal versuchen?

Er hat eine neue Freundin.
Was? Wirklich?
Ja.
Wen?
Eine Yogatussi.
Kennst du sie?
Nein.
Sie ist sicher nett.
Sicher. Kleo kicherte. Ein Krächzen. Husten. Dann drehte sie sich auf den Rücken, Gesicht in die Sonne.
Hey, du musst dich eincremen.
Kleo gab keine Antwort.

Felicitas ging nochmals schwimmen. Auf die Frage, ob Kleo mitkomme, stellte sich Kleo schlafend. Felicitas blieb lange weg.

Hey!, rief Felicitas laut. Hey! Kleo öffnete langsam die Augen. Feli beugte sich über sie und sah sie entgeistert an. Spinnst du? Du kannst doch nicht so in der Sonne liegen mit deinem Hauttyp! Komm in den Schatten. Du bist total rot! Sie drückte auf Kleos Nase. Scheisse, sagte sie und fügte leise wie zu sich selbst hinzu: Da geht man mal ein paar Minuten weg ... Und dann lauter zu Kleo: Ich habe übrigens Brigitte getroffen, wir haben noch ein Eis gegessen und uns ein bisschen verquatscht.
Kleo setzte sich langsam auf. Der Boden drehte.
Brigitte lässt dich grüssen. Sie hat mir aus der Schule erzählt. Euer Schulleiter scheint ja wirklich ein cooler Typ zu sein. Von dem erzählst du gar nie. Brigitte hat

dich übrigens sehr gelobt, du machst einen coolen Unterricht. Sie sagt, das sagen alle. Sag ich ja auch. Du solltest nicht immer alles so negativ sehen. So grau. Brigitte sagt, die Arbeit an der Schule mache richtig Spass. Und übrigens –

Feli!, flüsterte Kleo. Sie blickte Felicitas starr in die Augen.

Ja? Feli hatte erstaunt innegehalten.

Ich muss weg von hier.

Felicitas verwarf ihre Hände. Sag ich ja! Die Nasenlöcher blähten sich. So komm doch endlich in den Schatten.

Kleo rührte sich nicht.

Felicitas runzelte die Stirn.

Weg!, rief Kleo plötzlich und hielt ihren glühenden Kopf mit beiden Händen.

Da legte Felicitas zögerlich ihren Arm um sie, drückte Kleos rote Schulter, und Kleo jaulte auf vor Schmerz.

Die Fenster waren zu, und der Ventilator lief auf Hochtouren. Kleo sass auf der Couch, ihr Kopf brannte. Sie beobachtete den Habicht, der vielleicht auch ein Mäusebussard war, wie er vorsichtig das Katzenfutter aus der Dose auf ihrem Fenstersims pickte. Manchmal hob er seinen Kopf, sein scharfer Blick blitzte auffordernd, und er hackte mit dem Schnabel an die Scheibe. Nein!, sagte Kleo dann und schüttelte den Kopf.

Am nächsten Tag starrten die Kinder in der Schule Kleo scheu an. Ihr Gesicht war krebsrot, glühte, und an gewissen Stellen, vor allem auf der Nase, hatten sich Blasen gebildet. Sie stand vorn an der Tafel, blickte in den Raum, über die kleinen Köpfe hinweg zum imaginären Horizont. Die Kinder starrten sie gebannt an, niemand kicherte, niemand sagte ein Wort. Die Luft war zu heiss zum Atmen, und man hörte die grosse Uhr über der Wandtafel ticken, ticktack, ticktack. Die Kinder rutschten hin und her auf ihren Plätzen, die Äuglein gross und ängstlich.

Das war die Sonne, sagte Kleo dann schliesslich und liess die Kinder während dreier Lektionen Texte zur Klimaerwärmung lesen und zusammenfassen.

In der Pause ging Kleo nicht ins Lehrerzimmer. Sie sass auf ihrem Drehstuhl, drehte hin und her und schaute aus dem geschlossenen Fenster. Draussen war der Himmel blau.

Da klopfte es, und gleichzeitig wurde die Tür geöffnet. Ach herrje, sagte Brigitte, die durch den Türspalt lugte. Die Kinder haben also nicht übertrieben. Ist das gestern beim Sonnenbaden passiert? Das tut mir leid.

Sie kam vorsichtig ins Zimmer und auf Kleo zu. Felicitas hat gesagt, du schläfst. Wieso hat sie dich denn nicht geweckt? Man darf nicht so in der Sonne liegen. Vor allem du nicht, du hast ja so eine weisse Haut.

Der Schatten hat sich verschoben, flüsterte Kleo.

Ja, das geht so schnell. Das ist wirklich gefährlich. Diese Sonne! Ach, weisst du, was hilft? Quark! Soll ich dir Quark holen?

Brigitte stand nun direkt vor Kleo und beugte sich über ihr Gesicht. Kleo roch ihren sauren, abgestandenen Lehreratem. Brigitte war nah, ganz nah, betrachtete die verbrannte Haut durch ihre grossen Brillengläser. Das sieht nicht schön aus, sagte sie, das sieht gar nicht schön aus. Soll ich Quark holen?

Da schnellte Kleo hoch, stiess Brigitte zur Seite und kotzte in den Abfalleimer, es spritzte nach allen Seiten, gelbe Flüssigkeit und Brocken. Kleo fuhr sich über den Mund, wischte die Hand an den Jeans ab. Sie hatte sich halb aufgerichtet, doch erneute Würgegeräusche drangen aus ihrer Kehle, sie schüttelte sich und übergab sich abermals. Sie spie, bis nichts mehr kam.

Brigitte stand fassungslos daneben. Um Gottes willen, Kleoparda!, rief sie. Kann ich dir helfen?

Kleo packte ihre Tasche und rannte an ihr vorbei aus dem Zimmer. Draussen auf dem Schulhof rempelte sie ein paar Kinder an, eins verlor durch den Aufprall das

Gleichgewicht und fiel um, doch Kleo rannte weiter, würgte nochmals, spuckte eine gelbe Flüssigkeit auf den Pausenplatz und rannte zum S-Bahnhof, ohne sich umzusehen.

Für die letzten zwei Wochen vor den Sommerferien liess sie sich krankschreiben.

Die Fenster blieben geschlossen, trotzdem drang der Gestank von Abgasen und schmelzendem Asphalt durch die Ritzen in die Wohnung. Die ehemals fleischigen Stängel der Amaryllis waren verdorrt und abgefallen. Ohne Stängel würde die Pflanze dieses Jahr vermutlich kaum mehr blühen, aber vielleicht nächstes Jahr.

Kleo lag die meiste Zeit auf der Couch, neben dem Ventilator, der auf Hochtouren lief, und machte nichts. Die Blasen in ihrem Gesicht waren getrocknet, und die verbrannte Haut blätterte ab. Manchmal half sie nach und zog an den Fetzen, dann fing die Haut an zu bluten, und das Blut bildete bald wieder neue Krusten, die sie später ebenfalls abkratzen konnte.

Draussen kreisten grosse Raubvögel über dem Hochhaus. Vermutlich waren es weder Mäusebussarde noch Habichte. Rotmilane?

Die Mutter kam fast täglich nach der Schule vorbei und brachte ihr Essen und verschiedene Salben und Tinkturen. Sie putzte sogar Kleos Wohnung, weil sie nicht wollte, dass Kleo mit diesem Gesicht schwitzte. Du musst jetzt wirklich aufpassen, dass das keine Narben gibt, sagte sie. Kleo nickte und liess sie machen.

Der Vater schrieb in den Familienchat: Wenn ein Baum im Wald umfällt, und niemand hört es, macht er dann ein Geräusch?

Niemand antwortete, und irgendwann schrieb der Vater: Da kommt ihr ins Nachdenken, was? Und dazu ein Zwinkersmiley.

Felicitas rief immer wieder an, aber Kleo ging nicht ran. Sie schrieb ihr nur ab und zu auf WhatsApp, alles gut, ich chill's zu Hause, und dazu Kusssmileys.

Einmal rief Ernst an. Kleo hielt ihr iPhone gerade in der Hand, und wie sie seinen Namen sah, schleuderte sie das Gerät von sich. Als sie später auf das Display schaute, zeigte es Ernsts Nachricht. Er schickte ein Selfie von sich und seiner neuen Freundin am Flughafen. Kleo zoomte die Gesichter heran. Diese Alice hatte tiefliegende Augen und eine Hakennase. Wir sind dann mal weg, stand da und dazu ein Flieger, eine Sonne und ein gelbes Herz. Kleo lachte. Diese Alice sah beschissen aus.

Jeden Morgen öffnete Kleo das Fenster, nahm die leere Katzenfutterdose vom Fenstersims und stellte eine neue hin. Die Raubvögel hatte sie schon länger nicht mehr gesehen, sie kamen wohl nachts, doch musste ihr Appetit sehr gross sein.

Am ersten Samstag der Schulferien klopfte es plötzlich an der Haustür. Kleo lugte durch den Türspion, da stand Felicitas. Sie wollte nicht, doch vielleicht hatte Felicitas ihre Schritte gehört, und so machte Kleo ihr auf.

Unten war offen, sagte Feli.

Langes weisses Sommerkleid und duftende Haare. Felicitas schaute an Kleo vorbei in die Wohnung.

Komm rein. Kleo ging ins Wohnzimmer und setzte sich wieder auf die Couch.

Oh, Kleoparda, sagte Felicitas, blieb vor ihr stehen und schaute auf sie herab.

Was denn?

Na ja … Sie schien zu zögern, dann sagte sie: Dir ging's wirklich schon besser.

Wieso meinst du?

Dein Gesicht … deine Wohnung. Und du trägst nicht mal Hosen.

Natürlich nicht, bei dieser Affenhitze.

Kleo blieb sitzen und schaute sie lässig an. Dann schlug sie die Beine übereinander, sie war sich nicht sicher, wann sie den Slip zuletzt gewechselt hatte.

Und du so?

Ich war gerade in der Gegend und hab mir gedacht, ich schau mal vorbei.

Nett von dir. Willst du was trinken?

Felicitas schüttelte den Kopf und stand immer noch da, als hätte sie Angst, sich auf Kleos Couch zu setzen.

Hey, setz dich doch. Kleo klopfte auffordernd neben sich auf die Kissen. Meine Mutter hat geputzt. Sie grinste.

Felicitas lächelte etwas gezwungen, die Nasenlöcher angespannt, und setzte sich. Zudem wollte ich mit dir noch über etwas reden, sagte sie. Sie strich ihr Kleid an den Oberschenkeln glatt.

Was denn?

Na ja … Weisst du, ich habe mir Gedanken über dich gemacht.

Felicitas redete leise, aber schnell, ohne Kleo anzuschauen, und wurde immer schneller. Gedanken über dich und deinen, na ja, Zustand. Ich habe mir gedacht, weisst du, dir würde es vielleicht guttun, mal hier wegzukommen. Weg aus dieser Wohnung, weisst du. Und weg aus der Stadt. Sie hielt inne.

Kleo sagte nichts und starrte in den Ventilator. Faszinierend, wie die Geschwindigkeit die Optik zu verändern mag und die einzelnen Blätter nicht mehr zu erkennen sind, dafür alles verschwommen wird und alles zu einem surrenden Strudel verschmilzt. Da könnte Kleo stundenlang reinschauen, und eigentlich hatte sie auch nichts anderes gemacht in den letzten Wochen.

Du bist doch früher auch gerne gereist, hörte sie Felicitas sagen, gönn dir doch mal wieder eine Auszeit!

Auszeit von was?, fragte Kleo.

Na eben … von all dem hier. Allem, was dir Sorgen macht. Da hilft ein kleiner Urlaub!

Ach was. Kleo hob ihre Hand und winkte lässig ab. Wenn man Scheisse an der Nase hat, stinkt es überall.

Der Spruch stammte aus einem Kalender, den Kleo mal von Ernst bekommen hatte.

Felicitas schwieg. Kleo studierte aufmerksam ihr Gesicht, entweder wirkte Feli tatsächlich beeindruckt von ihrem Zen-Zitat oder ehrlich bekümmert über das, was sie »Zustand« nannte, Kleo konnte sich nicht entscheiden.

Dann sagte Felicitas: Wir könnten ja zusammen etwas planen.

Wir?, fragte Kleo. Also zu zweit?

Na ja ... also ja, planen meine ich. Planen für dich.

Du würdest mitkommen?

Na ja ... Ich meine –

Ach, Felicitas!, fiel ihr Kleo ins Wort. Das wäre wirklich wunderschön. Nur wir zwei! Kleo packte Felis steifen Oberkörper und drückte sie fest an sich. Du bist die Beste!

Kleo holte ihren Laptop hervor und begann verschiedene Destinationen zu googeln. Sie war so aufgeregt, dass sie vergass, nicht an ihrem Sonnenbrand zu kratzen, und immer wieder rieselten Hautschuppen auf die Tastatur. Kleo lachte, pustete sie weg und zählte Urlaubsziele auf. Felicitas schien es nicht so wichtig zu sein, wo die Reise hinging, sie wirkte etwas abwesend, auf eine angespannte Art und Weise, und verabschiedete sich bald.

Kleo verbrachte drei Stunden im Internet, verglich verschiedene Angebote, studierte Preis-Leistungs-Verhältnisse, untersuchte die CO_2-Bilanz, strich alle Reiseziele, die nur mit dem Flugzeug zu erreichen waren, von der Liste und fand schliesslich die ideale Destination. Sie schrieb Felicitas eine Nachricht: Kroatien! Und dann ging sie eine halbe Stunde lang kalt duschen.

Danach war Kleo wieder ein Mensch. Natürlich war ihr Gesicht noch schuppig, aber die tote Haut würde bald ganz abgeblättert sein, und Narben sollte es keine geben. In frischer Wäsche setzte sie sich an ihren Schreibtisch und fuhr mit der Reiseplanung fort. Sie würden im Nachtzug nach Zagreb reisen und dann weiter. Kleo suchte eine Airbnb-Wohnung in einem Kaff am Meer. Wunderschön sah dort das Meer aus, türkisblau, frisch, und wandern könnte man auch, dazu alles billig. Kleo buchte sofort die Reise für den übernächsten Tag, die Unterkunft ab Dienstag und freute sich, dass so kurzfristig alles klappte.

Sie schickte Felicitas viele Fotos. Feli hatte zwar gerade keinen Empfang, würde sich aber später bestimmt sehr darüber freuen. Ganz aufgeregt ging Kleo irgendwann zu Bett, lag noch lange wach und lächelte vor sich hin, als sie sich und Feli beim Baden mit Delphinen und dergleichen sah.

Die Amaryllis hatte neue gelbe Blätter hervorgebracht, die vielen Arme der Pflanze wucherten fröhlich durch den Raum. Die Fesseln waren abgefallen, die Schnur hatte sich in der Hitze zersetzt. Kleo erneuerte sie nicht.

Am nächsten Morgen klingelte der Wecker von Kleos iPhone wie immer um halb sieben. Sie wollte den

Sonntag nutzen und sich auf die Ferien vorbereiten. Im Dunkeln schielte sie auf das weisse Display, das Licht blendete, sie kniff die Augen zusammen, und dann sah sie die Nachricht ihrer besten Freundin: Ich kann leider nicht mit dir verreisen, ich habe gerade zu viel Arbeit. Ich hoffe, du verstehst das. Kleo las die Nachricht nochmals. Dann schrieb sie zurück: Natürlich verstehe ich das.

Kleo nutzte die frühe Stunde und meldete sich überall ab. Endlich Ferien, schrieb sie in den Lehrerchat, ab morgen bin ich weg. Mit ihren Eltern telefonierte sie lange. Wieso verreist du allein?, fragten alle. Ist das nicht gefährlich, so allein als junge Frau?

Schon sehr gefährlich, erwiderte Kleo und erklärte, dass sie sich aber sehr auf die Zeit mit sich allein freute. Nur den Eltern gegenüber schwindelte sie ein bisschen, man sollte ja die Bereitschaft der eigenen Eltern zur Sorge nicht zu sehr strapazieren. Felicitas hat nicht abgesagt, erzählte sie ihnen, sie kommt einfach etwas später dazu. Tatsächlich hatte sie ihren Platz im Nachtzug schon längst storniert.

Am Tag der Abreise stellte Kleo mehrere geöffnete Dosen Katzenfutter auf den Fenstersims, schloss die Fenster, machte den Ventilator aus. Sie streichelte der Amaryllis über die gelben Arme und schloss dann die Wohnungstür hinter sich ab.

Teil 3

Die Reise

Der Nachtzug stand abfahrbereit am Zürcher Hauptbahnhof. Kleo hatte sich nur einen Sitz gebucht. Sie fand es romantisch, in der billigsten Klasse zu reisen und sich vorzustellen, sie hätte kein Geld.

Bald war das Sechserabteil voll. Es war bereits jetzt unerträglich heiss, die Luft stand, stank und liess sich kaum einatmen. Kleo lief der Schweiss über die Stirn, staute sich in allen Falten ihres Fleisches, floss von den Achseln die Oberarme hinunter in die Ellbogen, weiter über die Unterarme, ihre Hände klebten. Ihre Augen wurden zu Schlitzen, sie beobachtete die anderen Menschen im Abteil. Das T-Shirt des Mannes neben ihr war nass, es klebte dunkel und eng an seiner Brust. Kleo schnupperte: Er roch. Seine Freundin gegenüber roch auch und hatte ein Gesicht wie ein Pfannkuchen. Beide legten ihre nackten Füsse auf die Knie des anderen, massierten sich gegenseitig die Waden und die Fusssohlen und spiegelten ihr verliebtes Lächeln.

Kleo starrte auf ihre eigenen Beine, die waren eingeklemmt, dann auf den Sitz gegenüber. Der Mann auf dem Platz strich sich Schweissperlen von der Stirn, Kleo sah die Tropfen in alle Richtungen fliegen, die nasse Hand wischte er an seiner Hose ab. Er bemerkte ihren Blick, nickte ihr grinsend zu, triefende Augen, schmatzende Lippen. Kleo stand auf, nahm ihren Rucksack aus der Ablage, verliess das Abteil und stieg aus dem Zug.

Zu Hause machte sie den Ventilator an und legte sich auf die Couch.

Endlich Ferien!, schrieb sie Felicitas. Bin bald bei der Grenze, habe dann kein Internet mehr. Sie hängte noch einige nette Emojis an.

Auch in den Familienchat sendete Kleo ein paar Worte des Abschieds – du hattest recht, Papa, Nachtzugfahren ist wirklich romantisch, wie aus der Zeit gefallen –, dann aktivierte sie den Flugmodus.

Kleo zog an den Krusten in ihrem Gesicht, doch leider gaben sie nicht mehr viel her, sie musste erst warten, bis das frische Blut getrocknet war. Die Luft aus dem Ventilator wehte ihr ins Gesicht wie eine abendliche Meeresbrise. Sie streckte die Beine aus, und irgendwann schlief sie ein.

Der Kühlschrank war ausgebeutet, da war nichts mehr zu holen ausser einer Currypaste und ein paar Gläsern irgendwas. Kleo wühlte durch die Gläser, sie hoffte, noch etwas Senf zu finden. Vielleicht würde sie das Verzehren von Senf an ein Stück Fleisch erinnern und ihren Appetit beruhigen. Plötzlich ertastete sie in der hintersten Ecke versteckt Ernsts Spray, schön eingewickelt in Alufolie. Kleo grinste, Ernst hatte ihn nach seinem Verrat hier vergessen, selber schuld. Sie sprühte sich ein paar Spritzer in den Mund und dann noch ein paar und legte sich wieder auf die Couch.

Die Sonnenlichtstreifen störten. Sie schnitten durch die Rollläden und drängten sich dem Raum auf. Das Licht prallte scharf auf den Boden, brannte durch den

Parkettboden und färbte ihn orange und golden. Man müsste diese beschissenen Fenster verdunkeln. Kleo überlegte, wo ihre Malsachen waren, und schaute wieder in den Ventilator, er drehte immer schneller, vielleicht würde er irgendwann fortfliegen.

Kleo nahm ihr Handy und rief Ernst an. Er ging nicht ran. Der Ventilator war noch nicht abgehoben, aber er hüpfte, und Kleo nickte ihm auffordernd zu. Hey, Ernst, sagte sie dann, ich habe dich seit Jahren nicht mehr geliebt, du bist todlangweilig. Die ganze Beziehung war todlangweilig. Eigentlich habe ich dich nie geliebt. Hier legte sie eine Pause ein. Nur damit du's weisst. Dann kicherte sie laut, noch lauter, das Lachen klingelte in den Ohren, und Kleo löschte die Nachricht wieder.

Sie atmete tief durch, sprach das Ganze nochmals, wieder hörte sie sich lachen. Beim nächsten Anlauf gelang es ihr schliesslich, sie sprach den Text mit tiefer, ruhiger Stimme und sendete die Nachricht ab. Erst als zwei Häkchen erschienen, legte sie sich auf den Rücken auf die Couch, wechselte wieder in den Flugmodus und kicherte, hechelte und keuchte vor Lachen. Dann suchte sie wieder nach Senf, fand Mayo, aber das war auch geil.

Zuerst versuchte sie es mit einem Pinsel, doch die Borsten waren zu kurz und fransten aus. Mit den Fingern machte es sowieso mehr Spass, Linie für Linie strich Kleo über das Fensterglas, irgendwann nutzte sie auch die Handflächen. Bald war der blaue Ozean perfekt, und Kleo betrachtete ihr Werk zufrieden.

Die leeren Katzenfutterdosen stapelten sich, die Raubvögel mussten sehr hungrig sein. Vielleicht waren es Adler. Oder Geier.

Kleo schwitzte, ohne sich zu bewegen. Sie hatte den Ventilator vergessen und lag auf den kalten Platten in der Küche. Aus dem Kühlschrank kam eine Brise, sie roch nach totem Gemüse, doch wenn Kleo durch den Mund atmete oder gar nicht atmete, dann ging's. Manchmal setzte sie sich auf und beobachtete, wie der Schweiss an ihren Beinen perlte und in den Haaren hing. Wenn sie mit dem Zeigefinger darüberfuhr, sammelte sich die Flüssigkeit, und Kleo konnte Tropfen in die Luft spritzen oder sie von ihrem Finger lecken. Der Schweiss lag salzig auf der Zunge, wie weisse Gischt am Strand.

Kleo ass die Krusten von ihrem Gesicht. Sie genoss es, sie zwischen den Vorderzähnen einzuklemmen und langsam zu zerkauen. Sie schmeckten süsslich und nach Metall, doch der Geschmack variierte je nach Herkunft. Kleo wusste bald Bescheid, wo es die besten gab: hinter den Nasenflügeln, da waren sie dick, knusprig und zuckersüss. Ernsts Spray dagegen schmeckte bitter. Nach einem Spritzer musste sie den Geschmack immer mit etwas Kruste ausgleichen.

Kleo stand vor dem Spiegel im Bad. Sie war nackt. Im hellen Licht der LED-Lampe untersuchte sie ihre Haut, ihre Haare. Feiner Flaum wuchs am ganzen Körper. Dann spannte sie die Muskeln an. Die Brüste waren richtig kräftig.

Eines Morgens, als Kleo erwachte, war sie entspannt. Blaue Wellenlinien klebten an den Fenstern, und das dunkle Meer rauschte friedlich auf dem Parkettboden. Sogar die Zähne hatten aufgehört zu schmerzen. Ernsts Spray war zwar leer, doch das war egal. Sie hatte den Spass verinnerlicht.

Kleo öffnete die Wohnungstür, blickte um sich, ihre Augen wurden zu Schlitzen. Ein strenger Geruch von Katzenpisse schlug ihr entgegen. Auf der Fussmatte standen zwei frische Büchsen. Kleo streckte blitzschnell die Hand aus, nahm die Dosen und schloss die Tür hinter sich ab.

Die Farbe an den Fenstern war zum Glück nur Wasserfarbe, mit etwas Schrubben und etwas Spucke verschwanden die Wellen mühelos. Vereinzelte blaue Spritzer auf dem Sims reichten als Erinnerung an den Ozean.

Hab gerade WLAN, schrieb Kleo. Das weisse Licht des Mobiltelefons blendete. Felicitas war online, sie rief an, Videocall. Kleo drückte sie weg. Sorry, Schatzi, die Verbindung ist zu schlecht. Sie sendete ihr Bilder vom Strand. Die Sonne glitzerte im Wasser, und auf einem Foto hatte Kleo die Füsse in den Himmel gestreckt.

Und wie geht's dir?, fragte Kleo. Arbeitest du dich zu Tode?

Wieder rief Felicitas an.

Sorry, Schatzi. Ich kann wirklich nicht telefonieren.

Okay.

Geht's dir nicht gut, Feli? Du wirkst unglücklich.

Doch, mir geht's gut, antwortete Felicitas.

Bist du sicher?, fragte Kleo.

Bisschen Stress bei der Arbeit, schrieb sie endlich.

Man musste Felicitas wirklich alles aus der Nase ziehen.

Na, komm doch auch ans Meer, antwortete Kleo und schickte nochmals ein Strandfoto.

Der Ventilator war wieder gelandet, er stand nun neben der Badewanne. Die Gischt flog in weissen Flocken durch die Luft. Kleo trieb auf dem Bauch, tauchte ihr Gesicht in das kühle Wasser. Doch der Schaum stach in die Augen, und die Flecke im Gesicht brannten höllisch.

Wie geht's dir?, fragte die Mutter am Telefon.

Super, das Land ist super.

Und wie geht's Feli, ist sie auch schon angekommen?

Ja, der geht's super, macht gerade ein Nickerchen. Wir geniessen es.

Ach, mein Liebes, das freut mich. Diesen Urlaub hast du dir wirklich verdient! Nach all der Arbeit! Wir armen Lehrerinnen.

Sie lachten beide.

Weisst du was?, sagte die Mutter. Muss man nicht mal deine Pflanzen giessen?

Kleo zerdrückte den kalten Schaum in der Hand, schaute zur Tür.

Die haben sicher Durst bei der Hitze. Ich geh morgen mal vorbei.

Nein, sagte Kleo.

Doch, doch, ich mach das gerne.

Nein, brauchst du nicht.

Kleos Füsse glitten über die nassen Bodenplatten.

Ich muss sowieso da vorbei.

Der Stuhl war schwer, schlug an die Wand, aber sie schaffte es. Er stand perfekt unter der Tür, drückte die Falle ganz stabil nach oben.

Ich mach das gerne.

Ich habe keine Pflanzen.

Was?

Mama, ich habe keine Pflanzen mehr.

Wieso?

Hab sie verschenkt.

Ach, wie schade, die waren so schön, vor allem die Amaryllis! Die hast du doch vom Ernst bekommen. Wirklich schade. Du bist immer zu nett, mein Kleines. Man verschenkt doch nicht seine Pflanzen.

Stimmt, sagte Kleo. Ich hab dich auch lieb, Mama. Dann legte sie auf.

Den Schlüssel liess sie im Schloss stecken.

Im Flugmodus ging Kleo einkaufen.

Bei H & M war sie die einzige Kundin. Die Klimaanlage schien nicht zu funktionieren, die Angestellten sassen zwischen den Kleiderstangen am Boden und tranken Wasser aus grossen PET-Flaschen. Kleo suchte sich ein paar Stücke zusammen und trug alles zur Garderobe. Sie hatte abgenommen in den letzten Wochen, ihr passte ein um zwei Nummern kleineres Kleid. Ihr Hinterteil sah trotzdem super aus, ganz prall in dem samtenen Stoff. Im Garderobenspiegel lächelte sie sich zu. Wir sind ein prima Team. Dann packte sie sich gleich alle Kleider in ihrer Grösse in die Tasche. Sie ging, ohne zu zahlen. Der Laden stand sowieso für miese Qualität und miese Arbeitsbedingungen und Ausbeutung und fertig.

Ist es eine Indoor- oder Outdoorkatze?, fragte die Angestellte bei Qualipet am Limmatplatz.

Beides, antwortete Kleo.

Also Outdoor?

Ja, und Indoor.

Die Angestellte lächelte, na hoffentlich darf sie auch mal rein! Jagt sie Vögel und Mäuse?

Nein, sagte Kleo. Die Angestellte empfahl ihr Nassfutter der Marke Pandora, Kleo kaufte einen Stapel Büchsen.

Im Denner bei der Langstrasse war das Alkoholgestell leer. Kleo erwischte die letzten Weinflaschen, die in einer aufgerissenen Schachtel am Boden standen, und trug sie im Arm zur Kasse.

Bitch, ich hab sie zuerst gesehen! Ein Jugendlicher hielt sie am Ärmel fest.

Du bist noch keine sechzehn, meinte Kleo.

Alte, du bist so egoistisch. Kann ich eine haben?

Werd erwachsen, sagte Kleo, gab ihm aber draussen ein paar Schluck aus der Flasche zu trinken.

Die Amaryllis hatte weitere Arme entwickelt und machte sich einen Spass daraus, sie wie Tentakeln um einzelne Möbelstücke oder Gegenstände zu wickeln. Manchmal zog sie ein Wasserglas auf dem Tisch gefährlich nah an die Tischkante, und Kleo rief jedes Mal nein! Meistens gehorchte die Amaryllis, nur zwei-, dreimal liess sie ein Glas zerschellen.

Nach ihrer ersten Urlaubswoche sass Kleoparda auf der Couch und trank Wein. Die heisse Luft stand bewegungslos im Raum, es war ganz still, Kleo hatte die Musik schon lange ausgemacht. Sie trug ihr neues Kleid, der Stoff klebte an ihrer Haut. Sie hielt ihr Glas in die Höhe, drehte es, musterte den schmierigen Abdruck ihres Lippenstifts am Glasrand. Sie versuchte, ihn abzulecken, doch die Farbe hielt zu gut. Als Kleo zwei Flaschen getrunken hatte, verliess sie die Wohnung.

Die Schlange vor dem Club war endlos, ging sogar auf dem Trottoir weiter bis zum Hotdogstand um die Ecke. Kleo stellte sich vor den VIP-Eingang.

Wie heisst du?, fragte die Frau mit der Gästeliste.

Kleo zwinkerte ihr zu.

Die Frau zwinkerte auch, sagte aber: Ich brauch deinen Namen.

Wir kennen uns doch, ich bin die Freundin vom DJ. Jessica?

Kleo lachte, nenn mich, wie du willst, Schatzi.

Sie lachte auch, sagte, sorry, Jessy, hab dich gar nicht erkannt. Du Arme, ich hatte auch mal Neurodermitis. Aber jetzt lebe ich vegan, und es ist viel besser geworden. Probier's mal aus, dann sieht's bald nicht mehr so schlimm aus. Weisst du, die Ernährung ist ja bei solchen Hautgeschichten voll wichtig. Aber hey, geiles Kleid. Ich finde ja Leoprint immer schwierig, kann schnell mal billig wirken, weisst du, als hätte man's voll nötig. Aber bei dir sieht's geil aus, macht einen knackigen Arsch und –

Legt Adriano schon auf?, fragte Kleo.

Jaja, er war der Erste. Sollte bald fertig sein.

Umso besser, ich kann seine Scheissmusik nicht mehr hören.

Die Frau lachte, du bist so witzig!

Kleo winkte ihr zu und ging rein.

Der Bass dröhnte laut, und die zersplitterten Spiegel zitterten. Die Flecke in Kleos Gesicht waren braun und dunkel, nur an einigen Stellen dazwischen war die Haut gelblich. Sie fuhr sich durch die Haare, zog sie straff nach hinten und band sie zu einem Knoten. Sie grinste, ihre Zähne blitzten spitz. Sie sah wirklich sehr gut aus.

An der Bar stand Fabienne, blonde Mähne. Kleo schlich sich von hinten an, packte sie an den Schultern. Die Frau zuckte zusammen, drehte sich um. Es war nicht Fabienne, sondern eine andere Frau mit Fabiennes Haaren, aber was soll's: Hey, hast du was da?

Die Frau sagte: Wer bist du?

Kleo lachte, die Zähne blitzten, sie sagte nichts.

Die Frau blieb ernst, schaute sie forschend an. Okay, komm mit, sagte sie dann. Sie nahm ihre Bierflasche von der Theke und ging Kleo voran zu den Klos. Sie betraten zu zweit eine Kabine, die Frau stellte sich vor die Tür, baute sich auf. Dann sagte sie leise: Wer hat dir gesagt, dass du zu mir kommen kannst?

Komm, gib mir einfach, was du hast, sagte Kleo und starrte ihr von unten direkt in die Augen.

Die Frau starrte zurück, nun starrten beide, doch dann fing das eine Lid der Frau an zu zwinkern, sie blickte immer unsicherer und senkte irgendwann den Blick. Okay, sagte sie, was willst du? Sie hatte verschiedene Plastiksäckchen aus ihrem BH gefischt und hielt sie Kleo vor die Nase.

Das! Kleo zeigte auf das weisse Säckchen und streckte ihr das Smartphone hin. Mach's hier drauf. So viel du hast.

Die Frau schüttete das Pulver auf das Display. Hast du was zum Ziehen?, fragte sie.

Kleo durchsuchte ihre Tasche, zog einen Zehnfrankenschein heraus, stiess dabei die Frau mit dem Ellbogen an. Die Frau zuckte, schwenkte das Handy, und das Pulver rieselte zu Boden.

Verdammt, Bitch, fluchte sie, kannst du nicht aufpassen? Das zahlst du mir.

Ups, sagte Kleo. Spitze Zähne blitzten. Dann kniete sie sich nieder, wischte das Pulver auf dem schwarzen Boden mit dem Zeigefinger zusammen, rollte den Schein und zog alles in die Nase. Sie leckte den Zeigefinger ab, fuhr über die Reste am Boden und schmierte sie sich unter die Oberlippe. Dann stand sie wieder auf, spuckte ein, zwei Haare aus, nahm das Bier der Frau, drängte sie zur Seite, öffnete die Tür und ging nach draussen.

Hey, die Frau sprang ihr hinterher, gib mir mein Geld!

Entspann dich, sagte Kleo und tauchte in die tanzende Menge ein.

Kleo tanzte. Sie tanzte direkt vor dem DJ-Pult, wo Adriano auflegte. Er sah etwas müde aus, aber immer noch hübsch, wenn er seine blauen Huskyaugen mit einem betont verträumten Ausdruck über die tanzende Menge gleiten liess. Hinter und neben ihm standen seine Freunde, alle blickten mit Kennermiene auf die Plattenteller, rauchten trotz Rauchverbot und nickten im Rhythmus der Musik mit dem Kopf.

Kleo tanzte, die Leute hatten schon einen Kreis um sie gebildet und schauten ihr bewundernd zu. Sie lachte und bewegte ihre Arme in Schlangenformen.

Kleo!, rief plötzlich eine Stimme. Es war Fabienne. Grosser, misstrauischer Blick. Was machst du denn hier?

Kleo fiel ihr sofort um den Hals, küsste sie auf den Mund. Fabi, rief sie, ich hab dich schon den ganzen Abend gesucht!

Kleo, sagte Fabienne, geht es dir gut?

Kleo verdrehte die Augen. Mir geht's wohl besser als dir! Steh doch nicht so steif rum. Tanz!

Fabienne liess sich mitreissen, fing an, sich halbwegs zur Musik zu bewegen, doch der Blick tanzte nicht mit, er fixierte Kleo kritisch. Sag mal, Kleo, rief sie dann, die Musik übertönend, was hast denn du genommen? Und was ist mit deinem Gesicht passiert? Sind das Ekzeme?

Nein, Hautpilz, schrie Kleo, grinste, kratzte ein bisschen an ihren Backen und spickte Fabienne die Hautfetzen ins Gesicht. Superansteckend!

Fabienne wandte sich ab, versuchte ihren Ekel zu verstecken, wischte sich übers Gesicht. Dann schüttelte sie den Kopf, murmelte etwas in Kleos Richtung, drehte sich um und wollte gehen, doch Kleo hatte ihr schon in die Haare gefasst.

Du hast so schöne Haare, Fabi, rief Kleo bewundernd. Ich wünschte, ich hätte solche Haare.

Quatsch, sagte Fabienne. Sie war stehen geblieben und schaute Kleo unsicher an. Deine sind ja auch ganz nice, sagte sie dann.

Nicht so schön wie deine! Kleo streichelte über Fabiennes Kopf, griff sich dann eine einzelne Locke und drehte sie sich um den Finger. So schön blond!, rief sie dazu. Wer macht dir dieses Blond? Das ist ja bestimmt nicht natürlich, so wie's ausschaut.

Mein Friseur blondiert ganz gut, meinte Fabienne zögerlich.

Wer ist das?

Er nennt sich Tiger. Aber was ist mit dir? Wieso interessiert dich das?

Kleo lachte. Tiger!

Dann kam sie ganz nah an Fabiennes Gesicht. Hast mir seine Nummer?

Fabienne zögerte, meinte: Kleo, was ist denn mit dir los heute?

Doch Kleo streckte ihr das iPhone hin und sagte: Hier, kannst gleich seinen Kontakt abspeichern.

Fabienne blickte verwirrt und hilfesuchend um sich, nahm dann aber ihr eigenes Mobiltelefon hervor und tippte Tigers Nummer bei Kleo ein.

Danke! Kleo küsste sie auf die Backe. Dann sagte sie: Man sieht sich!, und drehte sich weg. Kleo tanzte, das

Kinn in die Höhe gereckt, und mit den Händen kraulte sie in der Luft, die Finger wie Krallen.

Adriano hatte fertig aufgelegt. Er rauchte, schaute mit wichtiger Miene auf die Plattenauswahl des nachfolgenden DJs, redete mit seinen Jungs. Dann löste er sich von der Gruppe, ging Richtung Toiletten.

Kleo sprang ihm in den Weg. Adriano!

Kennen wir uns?

Adi, Baby, sagte Kleo. Schmollmund.

Natürlich, jetzt erinnere ich mich. Er lächelte, seine Augen strahlten blau. Aber du musst mir deinen Namen nochmals verraten!

Na, den sag ich dir gerne. Kleo nahm seine Hand. An einem Ort, wo du ihn nicht vergessen wirst. Sie grinste.

Er lachte auch, ganz ungezwungen. Bitte!

Kleo zog ihn durch die Tür mit der Aufschrift »Notausgang«.

Im Hinterhof stand Adriano mit dem Rücken zur Wand, zwischen zwei Containern. Er roch nach Erfolg und scharfem Schweiss. Kleo fuhr ihm mit der Hand unters Shirt und streichelte seine Lendenmuskeln.

Na, erinnerst du dich jetzt?

Du musst mir helfen!

Sie knöpfte seine Hosen auf, hielt inne, lachte, und ihre Zähne blitzten auf.

Da rief er: Kleoparda! Du bist es! Du Raubkatze!

Kleo kicherte.

Wow! Hattest du Masern oder so?

Aber nein, sie kicherte, Sonnenbrand, und ging langsam in die Knie.

Hab dich gar nicht erkannt, sagte er, starrte sie an und rief dann, nach Luft japsend: Wow, bist du geil.

Kleo hatte das Stück Fleisch freigelegt, unschuldig rosig lag es in ihrer Hand.

Wow, flüsterte Adriano.

Kleo biss zu. Ganz warm und zuckersüss. Ihre Kiefer malmten, und die Vorderzähne nagten an der dünnen Haut. Etwas schrie, versuchte, sie wegzudrücken, aber sie war stärker.

Bist du wahnsinnig? Es schrie wieder, und in kleinen Bissen frass sich Kleo vorwärts, bis sie irgendwann genug hatte. Adriano glitt auf den Boden und jammerte. Sie spuckte ihm sein Blut ins Gesicht. Dann nahm sie ihre Kamera vom Container, fauchte, lachte und ging.

Kleo lag im kühlen Wasser ihrer Wanne und schaute sich das Material immer und immer wieder an. Sie hatte viele Lachanfälle, Adrianos Auftritt war einfach zu witzig. Die Fans waren der gleichen Meinung, bereits Hunderte folgten ihrem neuen Insta-Profil, und das Video kam sehr gut an. Die Kommentare überschlugen sich, alle lobten den feministischen Ansatz von Leoparda. Wer steckt in dem Katzenkleid?, fragten die Follower. Wer ist Leoparda? Leoparda antwortete: Fickt euch.

Adriano schrieb Kleo auf WhatsApp: Du bist verrückt!

Verrückt nach dir, Baby.

Ich zeig dich an.

Ich zeig dich an, Baby.

Darauf wusste er nichts mehr zu sagen. Ausser irgendwann: Leoparda ist ein Scheissname. Und seit wann machst du Kunst?

Sie antwortete: Kunst ist scheisse. Dann blockierte sie seine Nummer und fertig.

Grosse Raubvögel kreisten über dem Lochergut, immer wieder gellten ihre Pfiffe durch die Gegend, das Echo hallte von der Fassade des Hochhauses in die Stille. Die Hitze hielt an. Die meisten Bäume hatten ihre Blätter verloren, wie dürre Skelette säumten sie den Strassenrand. Ab und zu setzte sich ein Raubvogel auf einen Ast, seine Silhouette hob sich dann scharf vom blauflimmernden Himmel ab. Wenn unter ihm ein Mensch vorbeiging, pfiff er. Kleo war sich nun fast sicher, dass es sich bei den Vögeln um Geier handelte.

Kleo stand im Bad, nickte zufrieden in den Spiegel. Die Flecke waren beeindruckend, die braunen Krusten aus getrocknetem Blut hoben sich von der gelblichen Haut ab, bildeten Kreise, die von weiteren Flecken gefüllt waren. Wunderbare Rosetten in allen Grössen. Kleo lächelte stolz. Doch dann fuhr sie sich mit den Fingern durchs Haar, schnalzte unzufrieden mit der Zunge. Viel zu unscheinbar und schütter waren die Haare: weder blond noch braun, noch fleckig. Leoparda rief Fabiennes Coiffeur an und machte einen Termin aus.

Tiger begrüsste Kleo, als würden sie sich schon seit Jahren kennen, Küsschen links und Küsschen rechts, geleitete sie zum Friseurstuhl vor den Spiegel, liess sie Platz nehmen und legte ihr einen Umhang um.

Dann strich er ihr sanft über die Haare und fragte: Na, was darf es heute sein?

Kleo holte ihr iPhone unter dem Umhang hervor und zeigte ihm ein Foto von einem Leopardenweibchen, sie hatte es vorab gegoogelt.

Das hätte ich gerne!

Oh, machte Tiger bewundernd, ich verstehe. Er nickte, eilte dann davon, kam sogleich mit einem Haarprobenset in verschiedenen Blondtönen zurück und zeigte es Kleo. Mit deiner Naturfarbe können wir das hinkriegen, sagte er und zeigte auf ein mittleres Blond.

Geht es auch gelber?, fragte sie.

Tiger kicherte. Natürlich! Ich kann es so gelb machen, wie du willst.

Ja, bitte, meinte Kleo, so gelb wie möglich! Und er zwinkerte ihr im Spiegel zu. Sie verstanden sich prima.

Ich mache dir eine Balayage, erklärte er, ich wische die Blondierung mit einem Pinsel auf deine Haare. Und die Flecke lass ich aus. Das sieht dann supernatürlich aus, wirst sehen!

Während Tiger die Farbe anrührte, begann plötzlich Kleos Magen zu knurren.

Oh, Darling, hast du Hunger?

Kleo nickte. Sie hatte heute noch gar nichts gegessen und gestern wahrscheinlich auch nicht.

Tiger verschwand sofort im Hinterzimmer und kam mit Snacks zurück, die er aus seiner Heimat Thailand mitgebracht hatte. Während Kleo knabberte, trug er die Farbe mit dem Pinsel auf ihre Haare auf und erzählte: Ich bin erst seit zehn Jahren in der Schweiz, weisst du, sagte er, aufgewachsen bin ich in Thailand. Das Land ist so schön! Warst du schon mal dort?

Kleo hatte gerade den Mund voll und schüttelte verneinend den Kopf.

Du würdest es lieben! Ich sage dir, diese Landschaften ...

Er bemalte ihre Haare mit dem Pinsel, Strähne für Strähne, sorgfältig die Flecke auslassend, während er erzählte. Nur ab und zu unterbrach er sich, nickte stolz und sagte: Das wird *beautiful,* Darling!, bevor er wieder mit der Arbeit und der Erzählung fortfuhr.

Wir haben riesige Dschungel. Die Wälder sind unendlich, tief und wild. Voller wunderschöner, uralter Bäume und voller Tiere. Tiere, die du noch nie gesehen hast! Er nickte bewundernd, doch plötzlich hielt er inne. Darling!, sagte er und senkte die Stimme, den Pinsel in der erhobenen Hand. Es gibt da ein Geheimnis bei uns in der Familie ...

Dann pinselte er wieder Farbe auf Kleos Haar, während er leise weitererzählte.

Es ist geheim, sagte er, aber dir muss ich es erzählen! Es geht um meinen Onkel ... Er flüsterte: Mein Onkel war ein kleiner, wilder Mann. Er war sehr stark und liess sich nichts gefallen, liess sich von niemandem etwas befehlen. Eines Tages musste es so kommen, dass er sich mit der Regierung anlegte. Tiger blickte vielsagend. Es wurde sehr gefährlich, und mein Onkel musste sich verstecken. Er floh in den Dschungel. Den dichtesten und wildesten Dschungel der Erde. Er verschwand in den Wäldern. Und seitdem, meinte Tiger, sein Flüstern war kaum mehr hörbar, haben wir ihn nie wiedergesehen. Nie wieder.

Was ist passiert?, fragte Kleo, sie flüsterte auch, hatte aufgehört zu essen und blickte Tiger im Spiegel gebannt in die Augen.

Panther, sagte Tiger, oder Leopard.

Gefressen? Ihr Blick war starr.

Nein, flüsterte Tiger, auch sein Blick war starr. Geworden!

Dann klatschte er in die Hände und rief fröhlich: So! Jetzt lassen wir die Farbe einwirken.

Als Tiger nach der Einwirkzeit die Haare zu waschen begann, strahlte er und rief: Darling, das Gelb ist wunderschön geworden!

Tatsächlich leuchteten die nassen Haare gelb wie Sonnenblumen, und die dunkleren, ausgelassenen Stellen bildeten ein aussergewöhnlich natürliches Rosettenmuster. Er föhnte die Haare vorsichtig, hob Strähne für Strähne, als hielte er etwas Lebendiges in den Fingern, und legte sie zurecht. Als das Werk vollendet war, drehte sich Leoparda im Stuhl hin und her und grinste mit spitzen Zähnen in den Spiegel.

Du bist ein Gott!, rief sie, und Tiger kicherte stolz. Mit seinem iPad machte er Fotos von der Frisur, von hinten, von der Seite, von vorn. Für die Homepage, Darling, sagte er.

Auch Leoparda machte ein paar Fotos von sich im Spiegel und postete sie auf allen Plattformen. Die Fans waren begeistert, die Kommentare überschlugen sich:

Wow, schrieben sie, wie heisst dein Coiffeur? Wo gibt's diese Balayage?

Als Tiger die Reaktionen der Fans sah, meinte er sofort, sie müsse ihm nichts zahlen, ihr Besuch und die Aufmerksamkeit ihrer Fans seien ihm Lohn genug, doch sie bestand darauf. Bevor Leoparda aus der Tür treten konnte, hielt Tiger sie am Arm fest, drückte sie an sich und sagte: Du erinnerst mich irgendwie an meinen Onkel. Er strich ihr übers Haar: Stolzes, schönes Fell. Dann kicherte er wieder, zeig es denen da draussen, Darling! Küsschen links und Küsschen rechts, und Leoparda ging nach Hause.

Gegenüber, auf dem Dach des Hochhauses, hockte ein Geier. Leoparda beobachtete ihn schon seit einigen Tagen, in der Hoffnung, es würde erneut passieren: Einmal hatte sich der Vogel auf einen kleinen Hund gestürzt und ihn in seinen Krallen weggetragen, samt der Leine. Leoparda hatte sich aus dem Fenster gelehnt und herzhaft gelacht, doch das Geschrei in der Strasse war bald so unerträglich gewesen, dass sie das Fenster wieder hatte schliessen müssen. Heute waren keine Hunde unterwegs, und der Geier sass still da.

Kleo sorgte sich ein bisschen um ihre beste Freundin, schon lange hatte sie nichts mehr von ihr gehört. Auch auf die vielen Strandfotos hatte Felicitas nur ganz knapp geantwortet. Im besten Fall war Feli eifersüchtig auf den Urlaub, überlegte Kleo, im schlimmsten Fall bedrückte sie etwas. Kleo rief sie an.

Geht's dir nicht gut?, fragte sie.

Na ja …

Du Arme, dir scheint es wirklich schon bessergegangen zu sein. Du wirkst gestresst.

Na ja, sagte Feli, weisst du –

Hey, Schatzi, reg dich nicht auf. Weisst du, das Leben ist zu kurz für Stress. Du solltest mehr geniessen. Komm doch auch in den Urlaub, hier ist es prima!

Schön, sagte Feli.

Komm schon, sei nicht eifersüchtig. Du kannst genauso viel Spass haben wie ich, du musst dir den Spass nur holen, weisst du, der kommt nicht von allein. Du musst mal raus aus dieser langweiligen Scheisse!

Sie lachten beide.

Anyway, fuhr Kleo fort, was gibt es so für Neuigkeiten aus der Stadt?

Nicht viel, meinte Feli. Hab mal Brigitte getroffen. Sie war etwas besorgt, hat gemeint, du seist im Lehrerchat nicht mehr so aktiv wie auch schon. Hab ihr dann erklärt, du seist im Urlaub.

Die alte Schlampe.

Was?

Nichts. Und sonst so?

Felicitas schwieg. Dann fragte sie: Kleoparda, wann kommst du wieder?

Hey, ich bin ja gerade erst angekommen. Habe mich gerade erst akklimatisiert. Hat ein wenig gedauert, aber jetzt ist es wunderbar. Ich sage dir, ich geniess es so richtig. Kleo lachte, wurde aber gleich wieder ernst. Aber weisst du, wenn du mich vermisst, dann komm ich natürlich wieder nach Hause.

Ja, sagte Feli, das wäre vielleicht besser.

Okay, meinte Kleo. Bin bald wieder da. Sind ja noch nicht mal zwei Wochen.

Okay, sagte Feli und schwieg einen Moment. Dann sagte sie: Also, geniess es, aber pass auf dich auf!

Pass du auf dich auf! Und arbeite mal nicht zu viel.

Darauf folgten noch ein paar zärtliche Worte, die ihre Freundschaft betonten, halt die Ohren steif, Tiger, selber Tiger, und so weiter, dann stellte Kleo wieder auf Flugmodus. Sie aktivierte die mobilen Daten nur, wenn sie etwas Neues postete.

Kleo lag auf der Couch in der Dunkelheit. Sie lag auf dem Bauch, stützte sich auf die Unterarme und beobachtete die Hitze. Die Meeresbrise aus dem Ventilator war schon lange vertrocknet, alles, was sie dachte, schwirrte vor ihrem Gesicht und stieg dann auf, an die Decke, wo es kleben blieb. Es ging kein Luftzug, obwohl die Fenster weit offen standen. Die heisse Luft und die Welt standen still. Nur gegenüber beim Hochhaus blinkte die Weihnachtsbeleuchtung: rot, blau, grün, blau, rot.

Während Leoparda so träge auf der Couch lag, unternahm sie weitläufige Streifzüge durch Instagram, Facebook und so weiter. Auf Twitter sprach sie zu den Fans:

Ich bin ein echter Leopard, meine Meinung.

Sie konnte zusehen, wie die Fans sich vermehrten, die Kommentarspalten wucherten.
 Leoparda, du bist so cool!
 Eine Göttin!
 Danke für deine Offenheit, stark, wie du deine Gedanken teilst.
 Viele Fans meldeten sich persönlich, fragten nach Tipps zu ihrem Styling: Wie hast du die Haut so fleckig hingekriegt? Ich mag deine Frisur. Wo gibt's diesen Leoprint? Du bist so cool.

Die Hitze stieg tagsüber ins Unermessliche. Trotzdem schlief Leoparda am Morgen lange aus. Blendendes Licht fiel aufs Bett, auf ihren schlafenden Körper, ihr fleckiges, im Schlaf sanft zuckendes Gesicht. Sie schlief meist einen ruhigen, traumlosen Schlaf. Doch dann schlug sie plötzlich die Augen auf, reckte sich, sprang voller Tatendrang auf. Als Erstes ging sie ins Bad, machte sich frisch und kontrollierte ihr Aussehen im Spiegel. Da und dort zupfte sie einen Hautfetzen oder eine frische Kruste ab. Sobald sie mit allen Flecken zufrieden war, setzte sie sich neben die Amaryllis. Die wilden Blätter der Pflanze rankten sich sofort um ihren Körper und umrahmten ihr Gesicht. Mit dem Handy machte Leoparda Selfies. Sie zeigte ihre Zähne, die Augen blitzten, erbarmungslos. Dann setzte sie sich auf die Couch, ganz entspannt, und postete in Ruhe die neuen Fotos.

Meist werden Leoparden als nächtliche Jäger angesehen, doch wurde bisher keine generelle Vorliebe für bestimmte Jagdzeiten gefunden. Der Zeitpunkt einer Jagd hängt wohl mit der Verfügbarkeit der Beutetiere in seinem Jagdrevier zusammen.

Die Fans likten den Tweet. Jemand kommentierte: Man muss nehmen, was kommt. Zwinkersmiley. Jemand anderes schrieb: Genau wie mit den Männern, am Ende gibt's einfach eine klapprige Antilope. Leoparda antwortete, dass jede Antilope geiler sei als ein Mann, und die Fans lachten. Leoparda lachte auch, es fiel den Fans nicht auf, dass Leoparda gar nicht witzig war.

Eines Abends, als Kleo erwachte, war die Dämmerung bereits fortgeschritten. Vom Bett aus sah sie aufs Lochergut, es strahlte im goldenen Abendlicht. Kleo gähnte, streckte ihre rosa Zunge raus und räkelte sich auf den Laken. Die Sonne spiegelte sich in einer Balkontür des Hochhauses gegenüber, die Spiegelung sank langsam Stockwerk für Stockwerk, dann verschwand sie, und der Himmel wurde weiss, grau, schwarz. Sie erhob sich, dehnte ihre Glieder, spazierte vom Bett zur Couch. Dann sass sie in der Dunkelheit und unterhielt sich aufs Neue mit ihren Fans.

In der Nacht verfügt der Leopard über ein fünf- bis sechsfach besseres Sehvermögen als der Mensch: Leoparden können die runde Pupille sehr weit öffnen, so dass mehr Licht ins Auge gelangen kann.

Das hast du so schön gesagt!
  Ist Licht eine Metapher?
  Die Fans waren beeindruckt. Leoparda war auch beeindruckt, denn es fiel den Fans nicht auf, dass die Texte von Wikipedia stammten.

Leoparda wanderte vom Bad in die Küche, ins Wohnzimmer und wieder zurück. Ihre nackten Füsse tappten über den warmen Parkettboden, lautlos, ohne die alten Dielen zum Knarren zu bringen. Sie legte gewaltige Strecken zurück, und in der Dunkelheit waren ihre Pupillen riesig, sie überzeugte sich selbst immer wieder davon, indem sie sich im Spiegel betrachtete. Erst als der Morgen graute, legte sie sich schlafen. Träumerisch kratzte sie an den Krusten in ihrem Gesicht und nagte dann das getrocknete Blut unter den Fingernägeln hervor. Im Halbschlaf postete sie:

Die normale Fortbewegungsart ist der Schritt im typischen Kreuzgang. Bei dieser Gangart werden die einander diagonal gegenüberliegenden Beine gleichzeitig angehoben und wieder aufgesetzt. In dieser Fortbewegungsart können Leoparden grosse Strecken zurücklegen.

Dann kringelte sie sich ein, legte das iPhone unter den Kopf und schlief.

Eines Morgens nach dem Aufwachen blieb Kleo noch eine Weile auf dem Bett liegen. Sie hatte sich ein Familienfoto vom Nachttisch gegriffen und schaute das Bild lange an.

Die Mutter hatte blondgefärbte Haare, rote Lippen, müde Augen. Vaters Augen waren ebenfalls müde, dazu trug er eine mittelgrosse Glatze, randlose Brille. Beide lachten in die Kamera. In der Mitte stand Kleo, als Kind, ganz klein. Auch sie lachte, aber nur mit den Zähnen. Schiefe Zahnstellung, schiefer Blick, die Stirn in gequälten Falten. Auf ihrem Rücken klebte der neue Schulthek, und eine Hand des Vaters lag schwer auf ihrer Schulter. Es war Kleos erster Schultag.

Kleo legte das Foto zur Seite, nahm ihr Mobiltelefon und rief den Vater an.

Er ging nicht ran. Sie versuchte es mehrmals. Dann rief sie ihre Mutter an.

Kleo, sagte die Mutter, schön, rufst du an!

Kannst du mir bitte Papi geben?

Paul ist gerade beschäftigt, mein Schatz. Wie geht es dir?

Holst du ihn bitte?

Er möchte nicht gestört werden.

Wieso?

Na ja … also. Es ist so, mein Schatz, dass … Sie schwieg einen Moment und sagte dann: Er malt.

Er malt?

Sonnenblumen! Kannst dir ja vorstellen, wie er drauf ist, wenn er das perfekte Gelb sucht. Die Mutter kicherte.

Seit wann malt er?

Äh, sagte die Mutter. Und dann: Sommerferien.

Holst du ihn bitte?

Aber mein Schatz, was ist denn so dringend?

Etwas Wichtiges.

Was denn, Kleo?

Ach, sagte Kleo. Sie kratzte an einer Kruste, zuerst ein bisschen, dann zog sie sie vollständig ab und kaute daran. Schmeckte süss. Egal, sagte sie dann.

Wie ist bei euch eigentlich das Wetter? Ist es auch so warm?, fragte die Mutter.

Megawarm.

Wie schön! Und wie geht es Feli?

Hallo?, sagte Kleo.

Kleo?, sagte die Mutter. Hörst du mich?

Kleo sagte: Unsere Verbindung ist schlecht, und legte auf.

Gelegentlich wurde beobachtet, dass männliche Leoparden auch nach der Paarung bei ihrer Partnerin blieben und sich sogar an der Aufzucht der Jungen beteiligten. Doch in der Regel kümmern sich nur die Mütter um ihre Jungen.

Herzig!, schrieben die Fans.

Die Mama ist die Beste.

Jemand kommentierte: Ich habe eine neugierige Frage. Haben Leopardenbabys wirklich blaue Augen?

Die Kommentare fransten aus, und Leoparda liess es geschehen.

Ab und zu klingelte es mitten in der Nacht an der Tür. Immer dann, wenn Leoparda auf ihren Streifzügen war. Dabei wurde etwas durch die Tür gebrüllt, ganz undeutlich, es klang wie »Ruhe« und »Bullen«, doch nach einer Weile verstummten das Rufen und das Klingeln von allein wieder. Leoparda wanderte: Bad, Küche, Wohnzimmer und dann wieder die gleiche Runde und wieder.

Die Geier hatte Kleo schon lange nicht mehr gesehen, sie schienen hauptsächlich dann unterwegs zu sein, wenn sie schlief. Nur die Dosen waren ständig leer gefressen. So leer und so blitzblank saubergeleckt, dass Kleo sich fragte, wie die Vögel das bewerkstelligten mit ihren krummen, spitzen Schnäbeln.

Leoparda postete ein altes Foto von sich und Felicitas: #seelenverwandt.
Sie wollte Feli markieren, doch leider fand sie Feli nicht auf Instagram. Da fiel ihr wieder ein, dass Feli den sozialen Medien gegenüber eher kritisch eingestellt war, sie musste ihr Profil gelöscht haben. Die Fans freuten sich trotzdem über das Bild.
Deine Freundin ist so lustig.
Ich wünschte, ich hätte auch so eine witzige beste Freundin.
Stimmt es, dass sie Psychologin ist?

Ich finde, sie sieht aus wie die Karikatur einer Psychologin!

Seitdem postete Leoparda immer mal wieder Fotos von Feli, häufig auch Selfies, die Feli ihr irgendwann selbst aus der Praxis geschickt hatte. #Psychologin.

Eines Tages hörte Kleo ein seltsames Geräusch. Zuerst leise, kaum hörbar, es musste von draussen kommen. Sie spitzte die Ohren, lauschte angestrengt, das Geräusch wurde lauter. Dann hörte sie es ganz deutlich: Etwas Schweres bewegte sich draussen, es klang wie Stein, der über Stein schrammte. Vorsichtig öffnete sie das Fenster und schaute nach. Alles war still und unauffällig. Doch dann fiel es ihr auf: Das Lochergut war näher gerückt.

Von da an blieb Kleo auf ihren Streifzügen häufig am Fenster stehen und schaute nach draussen. Sie beobachtete das Hochhaus mit scharfem Blick, starrte es immer wieder direkt und einschüchternd an. Manchmal öffnete sie auch die Fenster und fauchte über die Strasse. Trotzdem kam das graue Hochhaus täglich näher.

Leoparda kraulte sich selbst am ganzen Körper. Der Flaum an Armen und Beinen hatte aufgehört zu wachsen, die Härchen waren fein und glatt wie Seide. Nur selten war eins dick und schwarz, solche Haare riss sie sich mit Daumen und Zeigefinger vorsichtig aus.

Nach endlosen Streifzügen durch die Wohnung legte sich Leoparda häufig erschöpft ins Bett. Auf den weissen Laken hatten sich verschiedene Rotweinflecken angesammelt, es sah aus wie Blut, vielleicht war es das auch, doch es störte sie nicht. Sie lag gemütlich eingerollt auf der Seite, das Gesicht im Wind, der Ventilator stand gleich neben dem Bett. Kleo genoss den ewigen Luftstrom und dachte über die Endlichkeit nach.

Auf der Roten Liste gefährdeter Arten der IUCN (International Union for Conservation of Nature, zu Deutsch: Internationale Union zur Bewahrung der Natur) sind Leoparden in der Vorwarnliste als »vulnerable« (gefährdet) klassifiziert.

Wieso das denn? Du bist so stark.

Ich mag es, dass du auch über deine Schwächen öffentlich sprichst!

Aussterben ist keine Schwäche, meine Meinung.

Kleo sass auf dem Fenstersims, rauchte, beide Beine hingen in die Tiefe. Sie hatte den Ventilator zum Sofa transportiert, und der Luftstrom kühlte ihre heisse Haut. Sie beobachtete die Strasse: Unten bei den Blaue-Zone-Parkplätzen stand eine Mutter vor ihrem Auto, daneben zwei Kinder. Die Mutter suchte offenbar ihren Autoschlüssel, sie wühlte in der Handtasche, schimpfte vor sich hin. Irgendwann leerte sie den ganzen Inhalt der Tasche auf die Kühlerhaube, kleine Dinge kullerten auf die Strasse. Die Kinder, ein Junge und ein Mädchen, standen daneben und kicherten, Kleo hörte es bis in den vierten Stock. Die Mutter fluchte, verwarf die Hände, packte alles wieder in die Tasche. Gleichzeitig schwoll das Kichern der Kinder an, steigerte sich ins Hysterische, bis der Junge vor die Mutter trat und ihr den Autoschlüssel hinstreckte.

Ihr haltet euch wohl für sehr schlau und witzig?, brüllte da die Mutter. Dann schloss sie den Wagen auf, setzte sich hinters Steuer, knallte die Tür zu, liess die Scheibe runter, rief: Ich zeige euch, was schlau und witzig ist! Und fuhr davon.

Kleo schaute den Kindern noch eine Weile zu, wie sie der Mutter nachschauten, sie waren nun ganz still geworden, dann drückte Kleo ihre Zigarette aus, schnippte sie in die Tiefe und legte sich schlafen.

Die Mutter versuchte es nur einmal. Leoparda drehte gerade ihre Kreise, als sie draussen etwas schaben hörte. Sie schlich zur Tür und spähte auf den Zehenspitzen durch den Türspion. Da stand die Mutter und versuchte, ihren Schlüssel ins Schloss zu drücken. Sie rüttelte ungeduldig am Knauf, der Stuhl wackelte, aber die Klinke gab nicht nach. Mit grossen Augen schaute die Mutter, der Spion verzog ihr Gesicht in die Breite, der rotgeschminkte Mund stand fragend offen. Dann klingelte sie bei den Nachbarn, die waren aber auch nicht zu Hause.

Leoparda beobachtete, wie die Mutter wieder näher kam. Verwirrt schaute sie ein letztes Mal auf Kleos Tür, dann drehte sie um und stieg die Treppe wieder hinunter. Leoparda rannte sofort zum Fenster. Der Ventilator verfehlte die Mutter nur knapp, als sie unten vorbeiging.

Junge Leoparden verlassen ihre Mütter etwa im Alter zwischen dreizehn und achtzehn Monaten. Die Lösung des Mutter-Kind-Verhältnisses erfolgt erst, nachdem die Jungtiere in der Nahrungsversorgung unabhängig geworden sind.

Nun, wo der Ventilator kaputt war, konnte Leoparda überall schlafen. Sie war nicht mehr auf den kühlen Wind angewiesen, und auch auf eine weiche Unterlage konnte sie bald verzichten. Immer häufiger schlief sie mitten auf ihren Streifzügen ein. Ab und zu erwachte sie im Bad, wo sie sich an die Badewanne kuschelte, oder in der Küche neben der Spüle. Am liebsten schlief sie jedoch unter dem schützenden Blätterdach der Amaryllis und schmiegte sich an den warmen Topf. Sie hatte aufgehört zu schwitzen. Die Hitze störte nicht mehr, sie hatte sie integriert.

Eines Morgens, als Kleo aus dem Fenster blickte, erschrak sie: Das Lochergut hatte sich über Nacht weiter angeschlichen, die Balkone waren bereits auf Sprungdistanz. Leoparda konnte nun in den düsteren Wohnzimmern gegenüber alles erkennen, da lief nichts. Die Weihnachtsbeleuchtung blinkte aufdringlich in ihre Wohnung, und Leoparda beschloss, dass es an der Zeit war, ihr Revier auszuweiten. Die Wohnung war zu eng geworden.

Sie packte ein bisschen Proviant, ein paar Dosen und Weinflaschen, in einen Einkaufstrolley, dann wanderte sie den ganzen Tag. Die Hitze brannte erbarmungslos vom Himmel, doch Leoparda taten die Sonnenstrahlen gut: Sie brachten ihr in der Dunkelheit der Wohnung fahl gewordenes Haar wieder zum Strahlen. Der neue Glanz fiel ihr jedes Mal auf, wenn sie ihr Spiegelbild in einer Fensterscheibe sah. Sie frisierte sich, indem sie in die Hand spuckte und dann die Strähnen zurechtklebte. Danach machte sie ein Selfie, postete es auf allen Plattformen, und die Fans feierten ihre Frisur.

Die Stadt gehörte ihr. Sie wanderte durch Strassen, Gassen und staubige Alleen, den Einkaufstrolley scheppernd hinter sich herziehend. Die Grasflächen in den Vorgärten und Parks waren gelb, die Bäume und Büsche allesamt blätterlos. Sie traf kaum Menschen. Wenn sie doch jemanden traf, schlich sie sich entweder von hinten an, um dann zu knurren, oder verhielt sich unauffällig, wenn die Person von vorn kam, bis diese sie kreuzte, und fauchte ihr dann ins Gesicht oder sagte etwas Unanständiges. Danach grinste Leoparda einen Moment lang vor sich hin. Erst wenn sich die Lippen wieder über die Zähne senkten, setzte sie ihre Wanderung fort.

So streifte Leoparda mehrere Tage durch die Stadt, unterhielt sich mit den Fans, postete Fotos von sich und der dürren Landschaft. In der Nacht fand sie wieder zu ihrer Wohnung zurück, wo sie sich am Boden unter den Blättern der Amaryllis einnistete, gähnte, alle viere von sich streckte und schlief.

Am 1. August schrieb die Mutter, dass sie und der Papi an Kleo dächten und hofften, dass sie auch in der Ferne eine Bratwurst bekomme. Dazu schickte sie ein paar Bilder von Lampions.

Als sich Kleo eines Abends Anfang August langweilte, beschloss sie, Felicitas zu besuchen. Feli wohnte im Seefeld, Erdgeschosswohnung, und Kleo stellte sich im Garten vor die Fenster. Durch die transparenten beigen Vorhänge konnte sie fast alles erkennen. Feli sass mit Clemens vor dem Fernseher, es lief eine Analyse des Hitzesommers in der Spätausgabe der *Tagesschau*. Bilder von vertrockneten Flussbetten, toten Fischen und toten Gärten. Kleo rief Feli an. Das Telefon leuchtete auf dem Couchtisch, Kleo sah, wie Feli zu Clemens blickte, doch der starrte weiterhin ungerührt auf den Flachbildschirm. Feli nahm das Telefon, ging in die Küche, und Leoparda folgte ihr draussen im Garten.

Hallo, Kleoparda, sagte sie.

Geht's dir besser?, fragte Kleo und beobachtete, wie sich Feli ein Glas mit Weisswein füllte. Du wirkst unbeschwerter.

Na ja, meinte sie, immer noch viel Arbeit.

Du solltest mehr entspannen, weisst du, erklärte ihr Kleo.

Gerade schwirig, seufzte Feli. Wirklich, ich habe gerade so viele Patienten wie noch nie! Feli strich sich über die Stirn, es war das erste Mal, dass Kleo sie schwitzen sah. Meine Warteliste reicht bis ins nächste Frühjahr. Alle wollen im Moment eine Therapie!

Leoparda rollte mit den Augen, zum Glück konnte es Feli nicht sehen. Immer diese Arbeit!, sagte sie. Fremde Menschen und fremde Probleme … Brich doch mal aus, aus dieser Langeweile! Ohne Scheiss, das kann's doch nicht gewesen sein.

Das Leben ist nicht nur spassig, Kleoparda. Felicitas trank ihr Glas in einem Zug aus und sagte dann: Wann kommst du eigentlich wieder? In gut zwei Wochen sind doch die Schulferien vorbei. Du musst doch sicher noch vorbereiten.

Bald, sagte Kleo.

Es ist auch an der Zeit, meinte Feli. Dann schwieg sie, füllte sich ihr Weinglas erneut bis zum Rand.

Ach, Feli, sagte Kleo nach einer kurzen Pause, in der sie beide nichts mehr gesagt hatten. Ich verstehe natürlich, dass du gerade nicht so gesprächig bist. Du musst ja den ganzen Tag schon mit deiner Kundschaft reden, da brauchst du nicht auch noch mit mir zu quatschen. Sie musste plötzlich grinsen, sie erinnerte sich an den Anfang ihrer Freundschaft.

Auch Feli lächelte, Kleo konnte es genau erkennen. Danke für dein Verständnis, sagte sie.

Immer doch!

Dann wünschten sie sich gegenseitig eine gute Nacht und legten auf.

Leoparda folgte ihr draussen zurück vors Wohnzimmer. Feli hatte die Weinflasche und ein zweites Glas mitgenommen, aber Clemens wollte nichts trinken, er schüttelte den Kopf und starrte auf den Bildschirm. Leoparda schoss ein paar Fotos von den beiden und postete sie überall.

#Tagesschau #Hitzesommer #Psychologin.

Sie schaute den beiden noch eine Weile zu, wie sie vor dem TV sassen, doch dann wurde es ihr zu fad, und sie huschte nach Hause, wo sie sich unter die Amaryllis legte, gähnte und sofort einschlief.

Ein paarmal noch schaute Kleo abends bei Felicitas vorbei, doch bald fand sie eine neue Abhilfe gegen nächtliche Unruhen: Sie verliess die Wohnung, trabte im schummrigen Licht der Laternen durch verlassene Strassen flusswärts. Nie kam ihr jemand entgegen, und wenn doch, glitt sie sofort in einen schwarzen Hinterhof, wo sie in der Dunkelheit kauerte, bis sich die Schritte entfernt hatten.

An der Limmat angekommen, überquerte sie die Brücke und betrat den Holzsteg an der rechten Flussseite. Sie glitt aus dem Samtkleid, streifte die Unterhosen ab, trat an die Holzkante, stellte sich auf die Zehen, spannte jeden Muskel, stand für einen Augenblick still in höchster Spannung, stiess sich dann endlich vom Holz ab und sprang kopfvoran, scharf wie ein Pfeil, in den Fluss. Das Wasser glühte, Algen und tote Fische schlingerten um ihren Körper, verfingen sich zwischen ihren Beinen. Sie kraulte ein paar Längen, flussabwärts und flussaufwärts. Die Bewegung tat ihr gut, sie kam immer sehr hungrig nach Hause. Oft ass Leoparda dann direkt aus der Dose.

Als Kleo eines Tages der Limmat entlangwanderte, sah sie ein paar Kinder am Fluss sitzen. Es waren Schüler aus ihrer Klasse, die kleinen Köpfe erkannte sie schon von weitem. Sie schaute sich um und stellte fest, dass sie sich mitten im Gebiet ihrer Schulgemeinde in der Agglo befand. Leoparda grinste voller Vorfreude und versteckte sich sofort im Gebüsch. Durch die dürren Äste hindurch beobachtete sie die Kinder, wie sie auf ihren Badetüchern sassen, plauderten und picknickten.

Leoparda schlich sich vorsichtig an, Busch für Busch die Böschung hinab, und begann dann unheimliche Laute von sich zu geben. Sie heulte und knurrte.

Zuerst schienen die Kinder sie nicht zu hören, sie schwatzten weiterhin vor sich hin. Leoparda pirschte sich an, bis sie das Gebüsch schon fast verlassen hatte, und knurrte lauter. Da drehten die Kinder plötzlich ihre Köpfe.

O mein Gott!, rief Emma und zeigte mit ausgestrecktem Arm auf sie.

Leoparda grinste, fletschte die Zähne, knurrte wieder.

O mein Gott!, kreischten alle.

Sie kam langsam näher, geduckt, sichtlich bereit, jeden Moment zum Sprung anzusetzen und hochzuschnellen. Da nahm Liam einen Apfel vom Picknicktuch, holte aus und traf Leoparda mit voller Wucht an der Seite. Der Apfel prallte ab, doch die Rippen schmerzten.

Geht's noch?!, schrie Kleo erbost, sie hatte sich aufgerichtet, das Grinsen war aus ihrem Gesicht verschwunden. Sie hielt sich die Seite, rieb die Stelle, wo der Apfel abgeprallt war, stand nun direkt vor den Kindern und blickte auf sie hinab. Das könnte ich euren Eltern melden! Und dem Schulleiter! Geht's noch?

Die Kinder schauten sie mit grossen Augen an und rutschten zusammen. Keines sagte ein Wort. Bis Emma schliesslich vorsichtig fragte: Frau Frei?

Nennt mich Leoparda, sagte Kleo, ihr Ärger war bereits verflogen, es waren ja noch Kinder. Sie zeigte auf ein Badetuch: Darf ich?

Liam schien sich zu schämen für seine Tat, er sagte ja, ohne Kleo in die Augen zu schauen, und rutschte zur Seite.

Kleo setzte sich. Wieder richtig heiss heute!, sagte sie, um ein bisschen ins Gespräch zu kommen. Doch die Kinder schwiegen und tauschten verunsicherte Blicke, Kleo sah es genau.

Kommt schon, ich wollte euch nicht erschrecken, erklärte sie. Es stimmte zwar nicht, doch sie sollte ja ein Vorbild sein.

Sorry für den Apfel, erwiderte Liam leise. Wir dachten, Sie seien ein Monster.

Da lachte Kleo, ihre Zähne blitzten. Ein Monster? Um Gottes willen! Ihr schaut die falschen Filme.

Die Kinder mieden beschämt ihren Blick.

Kleo wurde wieder ernst, schaute sie mitleidig an. Na ja, so unrecht habt ihr ja nicht. Heutzutage ist alles möglich. Die Lehrerin als Monster! Sie unterdrückte ein weiteres Lachen und sagte dann verständnisvoll: Heutzutage ist wirklich alles möglich ... Schaut euch nur mal diese Hitze an! Und ihr Armen müsst noch ein paar Jahre mehr in dieser Welt verbringen. Sie schüttelte den Kopf. Aber wisst ihr was, fuhr Kleo fort, man kann ja immer gehen, wenn man will. Sie hielt sich zwei Finger an die Schläfe und sagte ganz leise bum, ein Flüstern, doch die Kinder zuckten zusammen wie kleine Kaninchen. Nun konnte sich Leoparda nicht mehr beherrschen, sie lachte laut. Als sie sich beruhigt hatte, fragte sie: Nun, wie waren eure Ferien?

Die Kinder schwiegen.

Kleo nickte. Jaja, viel zu heiss, ich weiss schon. Sie zuckte mit den Schultern. Doch wisst ihr was? Habt Spass, solange es noch geht!

Die Kinder schauten sie fragend an, da streckte sie beide Mittelfinger in die Höhe, die Schule soll sich ficken! Und nun kicherten die Kinder endlich. Sie fingen wieder an zu plaudern und erzählten bald mehr von den Ferien, als es Kleo interessierte.

Sie blieb noch eine ganze Weile bei ihren Schülern sitzen, die Stimmung war ausgelassen. Emma bot Kleo von ihren Chips an, und sie ass sich mal wieder satt. Als die Kinder irgendwann gehen mussten, obwohl sie nicht wollten – die Mütter warteten zu Hause, wie sie beteuerten –, war der Abschied sehr herzlich, die ganze Klasse folgte Leoparda auf Instagram.

Welche Einstellung der einzelne Mensch dem Leoparden gegenüber einnimmt, hängt von seiner persönlichen Situa-

tion ab. So kann der Leopard für den Menschen verteufelter Feind oder bezauberndes Mitgeschöpf mit grossartigen Lebensgewohnheiten sein.

Lezteres, kommentierte Liam.

Leoparda korrigierte: Letzteres mit tz.

Ich werde es nie begreifen, haha, antwortete Liam.

Die anderen Fans likten und kommentierten mit Herzemojis.

Kleo sass auf der Couch, auf den Knien hatte sie das jüngste Klassenfoto liegen, es war kurz vor ihrem Geburtstag aufgenommen worden. Die Kinder lachten in die Kamera, wie es sich gehörte, und auch Frau Frei lachte, aber nur mit den Zähnen.

Kleo legte den Finger aufs Foto, ging die Kinder einzeln durch, versuchte sich an deren Namen und Berufswünsche zu erinnern. Liam, Astronaut. Emma, Lehrerin. Dann fiel ihr nichts mehr ein.

Sie nahm ihr Handy, fotografierte das Klassenfoto und begann es zu bearbeiten. Alle Kindergesichter ersetzte sie mit kleinen Leopardenköpfen, bis fünfundzwanzig blaue Augenpaare aus dem Foto starrten. Ihr eigenes Gesicht ersetzte sie mit einem aktuellen Selfie. Sie stellte das Foto in den Lehrerchat und schrieb dazu: Die Schule soll sich ficken! Dann trat sie aus dem Chat aus.

Bald darauf stellte sie fest, dass sie wieder zum Lehrerchat hinzugefügt worden war. Hier ist wohl jemand auf den falschen Knopf gekommen, schrieb der Schulleiter und schickte einen Drohfinger und ein Zwinkersmiley.

Kleo schickte ebenfalls ein Zwinkersmiley, gefolgt von einem Arschlochfinger, und verliess die Gruppe erneut. Dann blockierte sie alle Lehrerinnen und Lehrer einzeln.

Kleo stellte fest, dass sich das Fenster im Wohnzimmer nicht mehr richtig schliessen liess: Die Amaryllis hatte ihre Arme aus dem Fenster gestreckt und wuchs dem Hochhaus entgegen. Bald würden die langen gelben Blätter die Balkone erreicht haben.

Kleo rief Feli an.
    Du wirkst gestresst, sagte Kleo.
    Na ja, geht so. Wie geht es dir?
    Gut, ich habe gekündigt.
    Was?
    Ich habe gekündigt.
    Du hast gekündigt?
    Gerade eben. Kleo lachte.
    Was?
    Was »was«?
    Was ist los mit dir?
    Kleo legte auf.

Die Balkone des Hochhauses berührten nun schon fast die Fassade von Kleos Haus. Zwar war dazwischen immer noch eine schmale Schlucht, die bis unten auf die Strasse ging, doch das stellte für die Amaryllis kein Hindernis dar. Ihre Tentakeln hatten bereits die Balkone erreicht, und einige der Blätter wickelten sich um die Weihnachtsbeleuchtung. Zuerst begann auch die Pflanze zu leuchten: rot, grün, blau, rot. Doch bald hatte die Amaryllis die Beleuchtung erwürgt, alle Glühbirnen zerdrückt, die bunten Scherben rieselten auf die Strasse.

Kleo rief den Vater an. Er ging nicht ran. Wieder und wieder liess sie es klingeln. Irgendwann hörte sie die Stimme ihrer Mutter: Hallo?

Hallo, sagte Kleo, kannst du mir bitte Papi geben?

Kleoparda!, rief die Mutter. Hallo, mein Schatz!

Hallo. Kannst du mir bitte Papi geben?

Wie geht es dir? Jetzt haben wir schon so lange nichts mehr von dir gehört!

Gut, sagte Kleo. Wo ist Papi? Ich möchte mit ihm reden.

Für einen kurzen Augenblick herrschte Stille am anderen Ende der Leitung. Dann sagte die Mutter: Er kann gerade nicht.

Wieso nicht?

Äh ..., sagte die Mutter. Und dann: Er malt.

Immer noch?

Die Mutter lachte auf: Jaja.

Kann er nicht kurz unterbrechen?

Er will nicht gestört werden, sagte die Mutter.

Wieso nicht?

Äh ...

Holst du ihn bitte?

Die Mutter kicherte. Man darf ihn nicht stören. Dann wurde sie ernst: Versuch es doch später nochmals. Und nun sag mal, mein Schatz, wie geht es dir?

Gut, sagte Kleo. Und dir?

Mir, also dem Paul und mir, uns geht es sehr gut. Wir geniessen die freie Zeit. Leider sind diese Ferien immer so schnell vorbei, nicht wahr. Wann kommst du eigentlich wieder zurück? Du musst ja sicher noch das neue Quartal vorbereiten. Ich sag ja immer zum Paul: Wir alten Hasen können froh sein, dass wir schon alles vorbereitet haben über die Jahre. Sie lachte. Also, wann kommst du wieder?

Bald, sagte Kleo. Dann erklärte sie, sie müsse zum Abendessen, Feli warte, und versprach, bald wieder anzurufen. Mehrmals versicherten sie sich gegenseitig, dass sie sich vermissten. Dann legten sie auf.

Am nächsten Tag ging Kleo früh los. Sie ging zu Fuss, der Badenerstrasse entlang, zum Stauffacher, weiter Richtung Innenstadt. Auf der Sihlbrücke blieb sie kurz stehen, blickte auf das ausgetrocknete Flussbett. Überall lagen verdorrte Fische, ihre Leiber waren in der letzten Zuckung im Lehm erstarrt.

Beim Casino waren grosse Bretter an die Eingangstür genagelt, dazu ein Schild mit der Aufschrift GESCHLOSSEN. Kleo ging weiter durch leere Strassen, die Gebäude ragten einsam in den blauen Himmel.

Als sie die Bahnhofstrasse kreuzte, kam sie an zwei dunkel uniformierten Polizisten vorbei, die vor einer Boutique in der prallen Sonne standen und sichtlich zu heiss hatten. Kleo blieb stehen und sagte laut, die beiden täten ihr leid, dass sie hier so nutzlos rumstehen müssten und dabei schwitzten wie die Schweine.

Wie bitte?, sagte der eine Polizist.

Nichts, sagte Kleo und ging weiter.

Die Polizisten hatten sie sowieso verstanden, sie riefen: Halt, stopp!

Kleo ging weiter, die Polizisten setzten sich in Bewegung, und Kleo ging schneller. Das wäre nicht nötig gewesen, sie hatte die beiden sowieso bei der nächsten Steigung den Rennweg hinauf abgehängt.

In der Limmat floss noch etwas Wasser. Es roch nach Kanalisation, und auf der Brücke standen schwarze Mückenschwärme in der Luft. Kleo presste die Lippen aufeinander, hielt sich die Hände vor die Augen und eilte auf die andere Seite.

In der Altstadt ging sie durch schwüle Gassen, durch die Predigergasse, über den Hirschengraben, die Treppen hoch zur Eidgenössischen Technischen Hochschule. Oben auf der Polyterrasse ging sie ganz nach vorn bis ans Geländer der Aussichtsplattform, wo sich der Blick über die Stadt eröffnete: Dunkler Smog hing über den Dächern, vielerorts stiegen schwarze Rauchsäulen auf, es roch nach verbranntem Müll. Die Hitze flirrte, und die Sicht aufs Lochergut war nur noch eine schmutzige Ahnung.

Kleo ging weiter. Plötzlich fiel ihr auf, dass sie dringend pinkeln musste. Sie versuchte, die Universität zu betreten, doch das grosse hölzerne Tor war verschlossen. Kleo duckte sich hinter eine Statue und pinkelte auf den Steinboden, dass es spritzte. Dann ging sie weiter die Zürichbergstrasse hoch, die alten Villen glühten in der Hitze, die Fenster schauten tot.

Bald hatte Kleo die richtige Höhe erreicht und bog in die Schneckenmannstrasse ein. Beim Haus ihrer Eltern waren alle Rollläden heruntergelassen. In einem weiten Bogen ging Kleo am Gartentor vorbei, die Überwachungskamera klebte wie ein dicker Käfer über dem Hauseingang. Doch etwas abseits des Tors war ein Loch in der dürren Hecke, und Kleo schloff auf dem Bauch in den Garten.

Der Garten war verdorrt, ansonsten sah es aus wie immer. Sogar der Mähroboter war noch da und drehte seine Runden. Kleo freute sich, ihn zu sehen, und auch der Rasenmäher piepste aufgeregt, als hätte er sie wiedererkannt. Dann beschleunigte er und fuhr direkt in den Stamm des einzigen Baums im Garten – ein Apfelbaum, der blattlos in der Mitte der ehemaligen Rasenfläche stand. Wieder piepste der Rasenmäher, spulte, fuhr zwei Meter rückwärts, spulte, fuhr wieder vorwärts und erneut in den Stamm. Von seinem Rücken stiegen weisse Wölkchen auf. Das ganze Prozedere wiederholte sich mehrmals, bis Kleo vorsichtig herantrat, nach dem Mähroboter griff und ihn hochhob. Sie verbrannte sich fast die Hände, so heiss war sein Körper. Sie redete ihm gut zu, setzte ihn abseits des Stammes wieder auf den Boden, und er piepste dankbar.

Dann schlich Kleo um das Haus. Im Wintergarten waren die Rollläden nicht unten. Der Anbau besass eine ausgezeichnete Klimaanlage, die Lüftung auf der Aussenseite des Hauses war riesig und ratterte, als ob sie ein ganzes Kaufhaus kühlen würde. Kleo kroch näher heran, setzte sich geduckt neben das Seitenfenster und spähte durch die Scheiben.

Da war die Mutter, sie sass am Tisch und weinte. Immer wieder fuhr sie sich durch die Haare, der graue Ansatz war fettig und grauer denn je. Tränen liefen über ihre Backen, und ihre Schultern zuckten regelmässig. Vor ihr auf dem Tisch standen ein Weinglas und eine Flasche Chianti.

Kleo rief sie an.

Sie sah, wie die Mutter erschrocken auf ihr Handy starrte, dann zitternd die Hand ausstreckte und es vorsichtig etwas von sich wegschob. Dann schüttelte die Mutter ihr Gesicht, grinste, lockerte ihre Backen, grinste nochmals und ging ran.

Hallo, mein Schatz, sagte sie fröhlich.

Hallo, sagte Kleo. Sie wollte sich erst etwas entfernen, damit die Mutter sie nicht durch die Scheiben hören konnte, doch vermutlich war die Mutter sowieso betrunken und hörte schlecht. Kleo setzte sich auf den Boden, mit bestem Blick auf den Wintergarten. Wie geht es dir?

Gut, sagte die Mutter. Uns geht es sehr gut. Schön, dass du anrufst. Ich habe eben an dich ge–

Holst du Papi?

Kleo sah genau, wie die Mutter um Worte rang. Erst jetzt fiel ihr auf, weshalb ihr Mund so faltig aussah, die Mutter trug keinen Lippenstift.

Hör mal, mein Schatz, sagte dann die Mutter. Ihr Blick war gequält, aber die Stimme klang weiterhin locker. Ich muss dir was sagen in Bezug auf deinen Vater. Er –

Hat er dich verlassen?, fiel ihr Kleo ins Wort.

Verlassen? Die Mutter zuckte sichtlich zusammen. Sie hielt das Mobiltelefon von sich weg, griff mit der anderen Hand nach dem Weinglas und nahm einen grossen Schluck.

Dann lachte sie und sagte: Verlassen? Mein Schatz, wie kommst du auf diesen Unsinn? Sie nahm noch einen Schluck und fuhr dann fort: Es ist nur so, dass der Paul, also wie soll ich sagen, also der Paul ist gerade aktuell sozusagen nicht mehr zu Hause, weisst du.

Wo ist er?

Na ja, wie soll ich sagen, also, mein Schatz, es tut mir leid, dass ich dir das sagen muss. Es ist halt so, weisst du, dass in letzter Zeit, der Paul, also dein Vater, er hatte es nicht so leicht, verstehst du.

Wo ist er?

Mach dir keine Sorgen, mein Schatz, dein Vater hat sich nur etwas überarbeitet, weisst du. Ein kleines Burnout, wie man so sagt. Aber nichts Schlimmes, ihm wird gut geholfen. Er malt wirklich schöne Bilder, weisst du, du wirst sie mögen. Wenn du wieder da bist, kommst du mal vorbei und suchst dir eins aus, das mit den Sonnenblumen würde gut in deine Wohnung passen, da bin ich mir sicher. Sie kicherte. Kleo sah, wie sie sich dabei Tränen aus den Augen wischte.

Wieso habt ihr nichts gesagt?

Na ja, mein Schatz, du bist ja im Urlaub, und ich, also wir, wir wollten dich nicht belasten, es ist ja nur etwas Vorübergehendes, da sind wir uns sicher, die Medikamente schlagen ganz gut an, dein Vater geniesst die freie Zeit. Er hat wirklich Freude am Malen, es tut ihm sehr gut, solltest ihn mal sehen in dem weissen Umhang, er –

Wann kommt er wieder?

Bald, sehr bald! Nun aber genug von uns alten Eltern. Sie lachte, hielt das Handy zur Seite und strich sich flüssigen Rotz von ihrer Nase am Unterarm ab. Sag mal, wie sind denn deine Ferien?, fragte sie und schien sich plötzlich an etwas zu erinnern. Aber warte mal, mein Schatz, wann kommst du eigentlich zurück? In einer Woche fängt ja die Schule wieder an. Das ist ja schon sehr bald – aber keine Sorge, falls du an uns denkst, der Paul setzt noch eine Weile aus, weisst du, da musst du dir wirklich keine Sorgen machen, uns geht es sehr gut. Aber sag mal, wie geht es dir? Wann kommst du denn wieder? Solltest du nicht schon wieder hier sein? Wie geht es denn Felicitas?

Ich habe gekündigt, sagte Kleo.

Du musst ja bestimmt noch vorbereiten, sagte die Mutter. Heutzutage wird so viel verlangt, das ist ja auch das, was den Paul etwas erwischt hat, etwas mitgenommen hat, wie soll ich sagen, du verstehst ja bestimmt, was ich meine, mein Schatz.

Kleo wiederholte: Ich habe gekündigt.

Die Mutter nahm erneut einen grossen Schluck Wein, dann fragte sie: Was sagst du da, Kleo?

Ich habe gekündigt.

Die Mutter lachte. Was?

Ich habe gekündigt und fertig.

Was?, fragte die Mutter nochmals.

Kleo wiederholte, dass sie gekündigt habe und fertig, und sagte dann, dass sie losmüsse, weil sie noch etwas vorhabe. Die Mutter hakte nicht weiter nach, sie wiederholte stattdessen, dass Kleo sich nicht um ihre Eltern sorgen müsse, da es ihnen sehr gutgehe. Dann betonten beide, dass sie sich vermissten, und legten auf.

Kleo sass einen Moment lang reglos da. Erst als nach einer Weile Wasser aus der Lüftung der Klimaanlage auf ihren Kopf tropfte, erhob sie sich und entfernte sich vom Wintergarten. Sie ging aufrecht, ohne sich zu ducken, ums Haus herum zurück über den Rasen.

Dort surrte der Rasenmäher fiebrig, fuhr in den Stamm des Apfelbaums, spulte, fuhr rückwärts und dann wieder in den Stamm. Und wieder. Kleo ging durchs Gartentor und trat auf die Strasse. Sie verliess die Schneckenmannstrasse, ohne sich nochmals umzusehen. Sie fuhr mit dem ÖV nach Hause, sie hatte keine Lust, den gleichen Weg nochmals zu sehen.

Als Kleo beim Lochergut in ihre Strasse bog, hielt sie irritiert inne: Vor ihrem Haus war eine kleine Menschenansammlung, seit der Hitze hatte sie nicht mehr so viele Leute draussen gesehen. Erst als sie näher kam, stellte sie fest, dass die Menschen allesamt Nachbarn aus ihrem Haus waren. Die Nachbarn hatten sie auch gesehen, sie schauten sie eigenartig an und senkten sogleich den Kopf, wenn sich ihre Blicke trafen. Nur der Student nickte ihr bedeutsam zu und winkte sie heran. Kleo ging schneller, eilte, bis der Blick frei wurde auf die Mitte des Kreises. Dann blieb sie abrupt stehen: Die Amaryllis lag auf der Strasse.

Die braune Knolle war zerschmettert, die langen gelben Arme lagen verrenkt auf dem Asphalt, einige waren aufgeplatzt, und dickflüssiger hellgrüner Saft rann aus den Wunden und bildete eine grosse Lache.

Eine Weile stand Kleo reglos da.

Dann kam sie langsam näher, ging vor der Amaryllis in die Knie. Bleiche, feine Wurzeln standen von der Knolle ab, bebten und wanden sich in der Luft.

Wie?, fragte Kleo.

Da trat der Student neben sie und legte ihr mitfühlend die Hand auf die Schulter.

Es ist deine, nicht wahr?, fragte er.

Kleo nickte, mit dem Finger streichelte sie vorsichtig über die bebenden Wurzeln.

Ich habe es gesehen, sagte er.

Wie …?, fragte Kleo erneut, ohne aufzuschauen.

Ich war einkaufen, drüben im Coop, wollte gerade wieder zurück ins Haus, stand genau hier, mit dem Schlüssel in der Hand, da hörte ich einen Schrei, blickte hoch, und da sah ich, wie sie sprang.

Sie sprang?, fragte Kleo, hob den Kopf und starrte ihn an.

Der Student nickte.

Sie sprang?, wiederholte Kleo. Du willst mir weismachen, dass meine Pflanze, meine Blume, aus dem Fenster gesprungen ist?

Der Student machte eine vielsagende Miene, schwieg.

Da trat eine andere Nachbarin, die sie nur vom Sehen kannte, heran und sagte: Ich habe den Schrei auch gehört. Wir sind deshalb froh, Sie hier zu sehen, junge Dame. Mein Mann und ich dachten ja schon, es wären Sie gewesen. Deswegen sind wir alle schauen gekommen.

Kleo blickte sie fragend an.

Die Nachbarin blickte hilfesuchend in die Runde, und als niemand etwas sagte, ergänzte sie: Na wegen Ihrer Probleme haben wir das gedacht. Sie sind ja die junge Frau aus dem vierten Stock, nicht wahr?

Ich habe keine Probleme, sagte Kleo.

Der Student drückte immer noch ihre Schulter, sagte dann: Mach dir keine Sorgen, wir haben Hilfe gerufen.

Hilfe?, fragte Kleo. Und dann sprang sie plötzlich auf und rief: Ich brauche keine Hilfe!

Sie zeigte auf die Amaryllis: Sie ist ja tot! Und dann kickte sie in die Knolle, abwechselnd mit beiden Füssen, trampelte auf der Amaryllis herum, dass der hellgrüne Saft spritzte.

Die Leute tauschten Blicke aus, und Kleo lachte. Sie ist tot! Noch einmal kickte sie in die Knolle, die Stücke flogen weit durch die Luft. Dann ging sie ins Haus, die Treppe hoch in den vierten Stock, in die Wohnung und schloss die Tür hinter sich ab.

Lange sass sie auf der Couch, starrte auf den leeren Topf neben dem Fenster und die braunen Erdklumpen daneben und rauchte eine Zigarette nach der anderen. Die Fans fragten, was los sei, doch sie antwortete nicht.

Mehrmals an diesem Tag läutete es an der Tür, oft klingelte es minutenlang ohne Unterlass. Dazu wurde an die Tür geklopft und zuerst leise, dann immer lauter nach ihr gerufen. Kleo störte es nicht, sie lag in der Badewanne, trank Wein und dachte über ihre Zukunft nach.

Am nächsten Morgen rief Kleo wieder ihre Mutter an.

Hallo, mein Schatz, sagte die Mutter. Wie geht es dir? Schön, dass du anrufst, ich freue mich immer sehr über deine Anrufe! Ich wollte dich auch gerade anrufen, weisst du, und dir sagen, nun ja … Also, mein Schatz, entschuldige bitte das Telefonat gestern, ich hoffe, du hast dir keine Sorgen gemacht, musst du wirklich nicht. Uns, dem Paul und mir, uns geht es sehr gut. Aber sag mal, wie geht es dir? Ich vermisse dich hier, weisst du, das habe ich gleich beim letzten Anruf wieder gedacht, jetzt bist du ja wirklich schon eine Weile weg. Aber nun sag mal, wie geht es dir?

Ich komme wieder nach Hause.

Endlich, rief die Mutter. Du warst viel zu lange weg! Wie kann man es nur so lange im Ausland aushalten? Das habe ich ganz oft zum Paul gesagt, die können ja sicher kein Deutsch dort und Englisch schon gar nicht. Also das finde ich ja schon bewundernswert, wie du das so machst. Mit dem Reisen und so weiter. Fast die ganzen Ferien warst du weg, mein Schatz. Einen ganzen Monat! Jetzt musst du sicher noch viel vorbereiten?

Ich habe doch gekündigt.

Jaja, fuhr die Mutter seufzend fort, wir haben schon viel Arbeit. Du warst wirklich lange weg, mein Schatz! Wie kann man nur so lange weg sein von zu Hause? Dann lachte sie plötzlich. Sag mal, hast du dich etwa verliebt?

Ja, sagte Kleo.

Wusst ich's doch! Ich wollte dich schon lange darauf ansprechen, mein Schatz, leider hat mich der Paul etwas abgelenkt, du weisst ja, mit den ganzen Zusammenbrüchen und so weiter, ich hab's dir ja erzählt. Aber uns geht es gut. Da brauchst du dir wirklich keine Sorgen zu machen. Ich, und der Paul sicher auch, wenn ich es ihm erzähle, wir freuen uns so für dich! In diesen Zeiten braucht man vor allen Dingen Liebe. Sie lachte. Weisst du, ich wusste, dass bei dir etwas im Gange ist, ich habe es sofort gespürt, mein Schatz. Schon lange dachte ich: Die Kleoparda, meine Kleine, die lässt nichts anbrennen.

Du kennst mich am besten.

Die Mutter kicherte geschmeichelt. Bei Paul und mir war das ja ähnlich, weisst du, einfach Liebe auf den ersten Blick. Das kann ich gar nicht beschreiben, es war wirklich unglaublich, ein Kribbeln, du weisst schon. Und dann die Hochzeitsreise! Ägypten! Da bist dann du entstanden. Sofort hat es eingeschlagen, aber sofort, wie ein Blitz, aber das weisst du ja. Wir waren so glücklich! Da müssen wir wirklich mal als Familie hin. Sobald der Paul wieder ansprechbar ist. Also ich meine, sobald er wieder der Alte ist, du brauchst dir wirklich keine Sorgen zu machen. Aber sag mal, mein Schatz, was macht er denn so, dein neuer Freund?

Du wirst ihn bald kennenlernen.

Ist er hier?

Ja.

Ist es einer von dort?

Was heisst dort?

Na ja, wo warst du? Jugoslawien? Also das sagt man ja heute nicht mehr, ich weiss schon. Sie lachte. Aber bestimmt hast du einen anderen Touristen kennengelernt. Einen Schweizer? Oder – sie lachte wieder – etwa einen Deutschen?

Du wirst ihn bald kennenlernen.

Spann mich nicht so auf die Folter!

Kleo wiederholte, dass die Mutter ihn bald kennenlernen werde, worauf die Mutter wiederholte, dass sie gespannt sei und sich freue und der Vater bestimmt auch, dann sagten beide, dass sie sich vermissten, und legten auf.

An wenigen Tagen duldet ein weiblicher einen männlichen Leoparden in seiner Umgebung. Dann durchstreift sie mit grosser Unruhe vor allem das Kerngebiet ihres Streifgebietes, markiert auffällige Stellen und kratzt mit ihren Hinterläufen am Boden.

Sexy!, meinte ein Fan und schickte ein Smiley mit anrüchiger Miene.

Leoparda antwortete, dass es um Liebe gehe.

Ja, Liebe, stimmten die Fans sofort zu.

Du bringst es wie immer auf den Punkt.

Heutzutage geht es um Liebe.

Als Kleo in Urdorf ankam, flirrte die Hitze über dem Boden. Keine Menschen waren draussen, nur der Verkehr donnerte auf den Strassen vorbei. Kleo ging der Hauptstrasse entlang Richtung Birmensdorf. In der Ferne sah sie viele Pfützen auf dem Asphalt glitzern, doch das Wasser verschwand jedes Mal, sobald sie näher kam. Immer wieder raste ein Auto an ihr vorbei, so nah, dass sie gerade noch so zur Seite springen konnte.

Bald hatte sie den fensterlosen Bunker am Waldrand gefunden. Sie ging durch das Tor. Drinnen war es genauso heiss wie draussen, aber schattig. Trotzdem fiel das Atmen schwer, es roch nach Schweiss und Verzweiflung. Sofort hatten sich ihre Augen an die Dunkelheit gewöhnt: Im Raum waren viele Männer, sie sassen an Tischen, einige spielten Karten. Alle schwiegen. Bis sich einer erhob, langsam auf sie zuging und sich vor ihr aufbaute. Was machst du hier?, fragte er. Kleo schob ihn zur Seite. Sie schnupperte, die Luft roch nach seinem Atem.

Die Männer erhoben sich nun einer nach dem anderen, traten ihr entgegen.

What are you doing here?

Ich suche Amir.

Wen?

Amir.

Kleo entging nicht, wie sie Blicke tauschten, vermutlich waren sie eifersüchtig. Hier ist kein Amir, sagten sie. Du musst jetzt gehen.

Kleo wollte nicht gehen und wartete.

Die Männer warteten auch, sie hatten einen Kreis um sie gebildet. Irgendwann sagte einer: Amir ist nicht mehr hier. Und ein anderer flüsterte: Ausgeschafft.

Nein, sagte Kleo.

Doch, doch, ausgeschafft.

Sie schüttelte den Kopf.

Wer bist du überhaupt?

Ich bin …, begann sie, aber sprach es nicht aus.

Trotzdem schienen sie zu verstehen und wurden gemein. Leoparda verstand nicht alles, was sie sagten, doch bestimmt behaupteten sie, Amir wäre noch hier, wenn sie nicht … und Leoparda biss zu. Es wurde laut, doch bevor die Aufsicht kam, war sie verschwunden.

Leoparda rannte. Sie rannte der Hauptstrasse entlang zurück, nahm den 302er nach Schlieren, von dort das 2er-Tram zum Lochergut. Beim Haus angekommen, stürmte sie die Treppen hoch in ihre Wohnung, knallte die Tür hinter sich zu. Ihre Kiefer malmten, die Zähne schmerzten. Sie setzte sich auf die Couch. Immer wieder öffnete sie WhatsApp und schloss es sogleich wieder. Amirs Bild war ein weisses Profil auf hellgrauem Hintergrund.

Ausschaffen und fertig.

Die Fans verstanden den Post nicht, likten aber trotzdem.

Du bringst es immer auf den Punkt!

Und fertig, haha!!

Kleo betrachtete sich im Selfiemodus ihrer Handykamera. Ihre Backenknochen traten hervor, der Mund verbissen, die Augen leer. Lange sass sie auf der Couch. Dann rief sie Felicitas an.

Hallo, Kleoparda, sagte Feli.

Felicitas, sagte Kleo.

Sie schwiegen einen Moment.

Wie geht es dir?, fragte schliesslich Feli.

Könnte nicht besser sein, sagte Kleo. Aber weisst du was, Felicitas? Sie machte eine Pause, und Feli fragte: Was?

Ich komme wieder nach Hause, sagte Kleo. Heute Nacht fahre ich zurück. Morgen in der Früh bin ich wieder da.

Feli freute sich sehr, endlich, sagte sie. Und als Kleo schwieg, meinte sie: Es ist auch an der Zeit. Die Ferien sind ja bald vorbei.

Kleo sagte: Ja, wir haben uns lange genug vermisst.

Genau, sagte Feli.

Dann fragte Kleo: Können wir uns morgen treffen?

Gleich morgen?

Es ist wichtig.

Für dich habe ich immer Zeit.

Kommst du zum Bahnhof?

Nee, sagte Feli. Der Bahnhof ist mir zu weit bei dieser Hitze.

Kleo schlug vor, stattdessen direkt schwimmen zu gehen. Feli fand das eine gute Idee, wenn du meinst, sagte sie, und sie verabredeten sich für den nächsten Tag am Fluss. Feli wünschte Kleo eine gute Heimreise.

Es liegen keine Beobachtungen oder Berichte darüber vor, ob sich Leoparden ihre Opfer bereits zu Beginn der Anschleich- oder auch Ansitzjagd auswählen oder ob sie es mehr dem Zufall überlassen, welches Tier sie töten wollen.

Wie beim Einkaufen, kommentierte ein Fan, da ist es auch immer Zufall, was bei mir im Wagen landet. Vor allem wenn ich hungrig bin.

Es folgte eine ziemlich tiefgründige Diskussion mit den Fans:

Ist es Zufall, oder ist es Schicksal?

Ich habe mit Gewissheit einen freien Willen: Ich bestimme selbst, was ich konsumiere.

Der Einfluss der Werbung ist nicht zu unterschätzen!

Wir müssen unseren Trieben folgen, meine Meinung.

In dieser Nacht sass Kleo auf der Couch, Fensterplatz, mit Blick aufs Lochergut. Das Hochhaus stand wieder an seinem Platz, aber die Weihnachtsbeleuchtung war kaputt. Dunkel und verlassen starrten die Balkone in die Nacht.

Kleo sass da, ganz ruhig. Irgendwann wurde es endlich hell, und Kleo ging duschen. Dann pflegte sie ihre Flecke, entfernte einige Krusten mit der Pinzette und gab acht, dass sich die Konturen der Rosetten schön abhoben. Danach benutzte sie Zahnseide, reinigte die Zwischenräume so gründlich, dass das Zahnfleisch blutete, bürstete anschliessend lange ihre Zähne, besonders die Eckzähne, die wegen des Rauchens richtig gelb geworden waren, und gurgelte zum Schluss mit Mundwasser. Kleo grinste in den Spiegel: Sie war wieder da.

Sie zog sich ein frisches Leopardenkleid an, packte den Einkaufstrolley und ging aus der Wohnung. Mehrmals schloss sie hinter sich ab, bis sich der Riegel nicht mehr weiterdrehen liess, kontrollierte, ob die Tür wirklich zu war, und stieg dann die Treppen hinunter, den Trolley hinter sich herziehend, dass es bei jeder Treppenstufe knallte. Dann verliess Kleo das Haus, für immer.

Bei der Brücke am Fluss angekommen, liess sie den Einkaufstrolley stehen, kletterte auf das Wehr und ging auf der Betonmauer flussabwärts. Als sie das Elektrizitätswerk erreichte, warf sie den Wohnungsschlüssel in die Turbinen.

Und fertig.

Dann ging sie auf der Mauer zurück, stellte sich mitten auf der Brücke in die Sonne und wartete, bis Felicitas am anderen Ende der Brücke erschien.

Mein Gott!, rief Feli, schon bevor sie sich erreicht hatten. Mein Gott! Was ist denn das?

Was?

Na … Sie verwarf die Hände. Dein Gesicht! Feli kam langsam näher und beäugte Kleo mit misstrauischen Nasenlöchern.

Ich hatte einen Sonnenbrand, sagte Kleo, erinnerst du dich nicht?

Feli blieb stehen, schwieg und schaute sie mit grossen Augen an.

Und die Haare hast du auch gefärbt?, fragte sie nach einer Weile, als sie wieder etwas gefasster wirkte. Ist das blondiert? Sie ging ein paar Schritte um Kleo herum, betrachtete sie ausgiebig von allen Seiten. Aber sag mal, da sind ja überall Flecke in deinen Haaren. Was war denn das für ein Friseur? War das die Lehrtochter? So sieht's jedenfalls aus! Feli lachte, und als Kleo schwieg, fuhr sie fort: *Anyway,* jetzt bist du also wieder da ... Am Montag beginnt die Schule. Du hast nicht wirklich gekündigt, oder? Das war ein Scherz von dir, das hab ich mir schon gedacht. Ein etwas kindischer Scherz. Aber sag mal, sie starrte auf den Einkaufstrolley, wo ist denn eigentlich dein Gep–

Schön, dich zu sehen! Kleo drückte Felis steifen Körper an sich. Komm, meinte sie dann, lass uns schwimmen gehen, und zog sie an der Hand in Richtung Fluss, in der anderen Hand den Einkaufstrolley.

Felicitas folgte Kleo wortlos auf den Holzsteg, bis sie irgendwann sagte: Du hast abgenommen, weisst du das?

Sieht gut aus, oder?

Feli nickte zögerlich. Du hast eine gute Figur. Hattest du auch vorher schon. So wie es jetzt aussieht, ist's gut, aber mehr solltest du nicht abnehmen, das wird dann mager, da musst du aufpassen. Du musst genug essen, vor allem wenn du vegi bist.

Ich esse genug Fleisch.

Ich habe nicht behauptet, dass du nicht genug isst. Ich habe dich nur davor gewarnt, nicht genug zu essen.

Ich kenne das aus meiner Arbeit, ich habe genug magersüchtige Patientinnen in Therapie. Aber deine Figur ist okay. Sie schwieg einen Moment, fuhr dann aber fort: Aber hör mal, Kleoparda, dieser Leoprint, den du da trägst, der ist schon schwierig. Nach all unseren feministischen Errungenschaften musst du dich doch nicht anziehen wie eine Pornodarstellerin.

Du hast recht.

Felicitas nickte. Sieht schon etwas billig aus, weisst du.

Die Sonne brannte, und die Limmat stank, an vielen Stellen standen Mückenschwärme über dem Wasser. Ausser ihnen war niemand zum Baden da. Kleo zog ihr Kleid über den Kopf und stand dann nackt da. Feli schaute sie fragend an, und Kleo sagte: Hab meinen Bikini am Strand vergessen.

Felicitas sagte nichts, sie hielt ein grosses Tuch um ihren Körper, hinter dem sie sich ungeschickt umzuziehen versuchte.

Kleo machte einen Kopfsprung in den Fluss. Das Wasser war warm. Sie schwamm an Ort und Stelle, ruderte mit den Armen und wartete auf Feli. Feli brauchte immer Ewigkeiten, bis sie sich umgezogen und angenässt hatte und dann endlich ins Wasser stieg.

Tote Fische mit aufgeblähten Bäuchen trieben an der Oberfläche vorbei.

Kleo drehte sich auf den Rücken und schaute in den dunkelblauen Himmel. Sie liess sich einige Meter treiben. Dann blickte sie zurück: Felicitas hatte es endlich auch ins Wasser geschafft.

Leoparda kraulte auf den letzten Ausstieg zu und stieg aus dem Wasser. Sie wartete. Irgendwann erreichte auch Feli die Leiter. Sie hielt sich am Geländer fest und wollte sich hochziehen.

Leoparda biss sie in die Finger.

Felicitas schrie auf und packte das Geländer mit der anderen Hand.

Wieder biss Leoparda zu.

Spinnst du?!, rief Feli.

Leoparda hörte auf, doch Feli hatte das Geländer bereits losgelassen, sie schwamm gegen die Strömung, paddelte an Ort und Stelle.

Gib mir deine Hand, rief sie.

Leoparda streckte ihre Hand aus, Feli griff danach, erwischte sie nicht und tauchte bald. Eine Weile beobachtete Kleo die aufsteigenden Blasen, zuerst grosse, dann kleine. Irgendwann kam nichts mehr, und Feli schwamm weiter. Sie hatte den letzten Ausstieg vor den Turbinen verpasst, doch sie musste es ja selbst wissen.

Leoparda hatte es nach dem Baden nicht eilig. Sie kleidete sich wieder an, spazierte der Limmat entlang in Richtung See, den Trolley zog sie scheppernd hinter sich her. Es waren keine Menschen unterwegs, nur der Verkehr verstopfte die Strassen, es roch nach Abgas und nach verbranntem Müll.

Da erklang plötzlich die schrille Sirene eines Polizeiautos, wurde immer lauter, die Autos bildeten eine

Gasse, und ein Kastenwagen raste wild blinkend vorbei. Leoparda hielt sich die Ohren zu. Es folgten ein Krankenwagen, ein Wagen der Feuerwehr und noch zwei Polizeiautos. Leoparda blickte den Fahrzeugen nach, sie schienen beim Elektrizitätswerk abzubiegen und dort zu halten. Nach einer Weile verstummten die Sirenen. Leoparda zuckte mit den Schultern und ging weiter.

Beim Durchqueren des Platzspitzparks dachte Leoparda an das fette Buch von Joyce, das sie nie gelesen hatte. Danach dachte sie an die offene Drogenszene. Beim Landesmuseum hörte sie auf zu denken und folgte weiter dem Fluss Richtung See. Auf dem Trottoir des Limmatquais lagen tote Möwen. Einige lagen auch auf der Strasse und waren so platt gefahren, dass es nur noch graue Flecke waren.

Teil 4

Die Hoffnung

Leoparda erreichte den See. Ein paar zerzauste graue Schwäne trieben im Schatten der Quaibrücke, sie krümmten ihre langen Hälse und hielten ihre Köpfe unter Wasser, vermutlich zur Abkühlung. Leoparda wollte ein Foto schiessen, doch plötzlich stürzte ihr iPhone ab und liess sich nicht mehr starten.

Kurz stieg Panik in ihr auf, doch dann besann sie sich, dass sie für Notfälle ein paar Scheine in den Einkaufstrolley gestopft hatte. Beim Kiosk am Bellevue kaufte Leoparda alle Powerbanks. Heiss heute, sagte sie zum Verkäufer, und der nickte stumm und setzte sich wieder hinter seinen Ventilator.

Als Leoparda später über die Seepromenade spazierte, machte sie eine neue Bekanntschaft: Ein grosser blonder Hund lag mitten auf der Promenade in der Hitze. Vermutlich ein Golden Retriever. Sie ging näher heran, unsicher, ob das Tier noch lebte. Die eine Lefze klebte umgeklappt am Steinboden, doch die andere hob und senkte sich sehr schnell – der Hund hechelte. Von Zeit zu Zeit zuckte eine Pfote. Fliegen kreisten um den breiten Kopf, und einige setzten sich in die mit schwarzem Schorf verklebten Nasenlöcher. Leoparda hockte sich neben den Hund. Die Fliegen hatten sie sofort entdeckt und schwirrten nun auch um ihren Körper. Leoparda schnappte nach ihnen, doch es hatte keinen Zweck, die Viecher waren viel zu schnell.

Dann tätschelte sie dem Hund den Nacken, und er hob müde den Kopf.

Na, Hund?

Er hechelte.

Den ganzen Tag sass Leoparda neben ihrem neuen Freund und kraulte seinen Hinterkopf, während er schlief, inmitten eines Fliegenschwarms.

Gegen Abend, als die Temperatur leicht gesunken war, kam langsam wieder Energie in den welken Hundekörper. Er setzte sich auf, die Zunge hing ihm erwartungsvoll aus der Schnauze, und Leoparda erhob sich ebenfalls.

Sie gingen zusammen spazieren. Der Hund lief ein paar Meter voraus, doch in zuverlässigen Abständen blieb er stehen und blickte zurück. Er wartete, bis Leoparda ihn erreicht hatte. Sie tätschelte ihm den Kopf, und er leckte an ihren Fingern. Dann ging Leoparda weiter, und sofort setzte sich auch der Hund wieder in Bewegung. Er trabte an ihrer Seite und liess sie nie allein.

Wir sind jetzt ein Rudel, sagte Leoparda, und der Hund hechelte.

Sitz! Er setzte sich.

Gib Pfote! Er schaute sie mit grossen Augen an.

Pfote!, wiederholte sie, aber nichts geschah. Leoparda zuckte mit den Schultern, griff nach seiner Vorderpfote und hob sie zu einem High five. Sie machte ein Selfie mit dem Hund und dem High five und postete es auf allen Plattformen. Die Fans liebten ihren neuen besten Freund.

Die nächsten Tage verbrachte Leoparda im Rudel. Sie unterhielt sich mit dem Hund und ihren Fans und hatte sonst nichts zu tun, ausser von Zeit zu Zeit ihr Handy an eine Powerbank anzuschliessen.

An einem Morgen, vermutlich dem Montag, rief das Sekretariat ihrer Schule Sturm. Leoparda liess es klingeln. Als sich aber bald noch drei weitere Nummern einmischten, wurde es ihr doch zu bunt, und sie blockierte alle. Dann war Ruhe.

Passend zum Schulbeginn versuchte sie den Hund abzurichten, doch in der Hitze war er meistens zu müde zum Lernen, und irgendwann liess sie es bleiben. Am liebsten lag der Hund irgendwo am Boden und schlief. Leoparda sass dann daneben und schaute ihm beim Schlafen zu. Die grossen Pfoten mit den rissigen Ballen zuckten wild, und Leoparda stellte sich seine Träume vor. Jagd und Abenteuer, es war besser als Netflix.

Abends gingen sie spazieren, doch der Hund wurde jedes Mal nach wenigen Minuten schlapp, und sie kehrten in ihr Zuhause unter der Wipkingerbrücke zurück, wo es nach Urin, Bier und Erbrochenem roch. Dort hatten sie aber ihre Ruhe und konnten sich im Rudel gemütlich zwischen den Verstrebungen der Brücke einnisten. Zur Verpflegung gab es Büchsen aus dem Einkaufstrolley.

Als Leoparda eines Morgens aus unruhigen Träumen neben dem Hund erwachte, drehte sie sich auf die Seite. Hast du auch unruhig geschlafen?, fragte sie den Hund.

Doch die Augen des Hundes stierten gläsern an die Unterseite der Wipkingerbrücke, und auf seiner Schnauze hatten sich Fliegen festgesetzt. Leoparda seufzte. Sie setzte sich auf, betrachtete den Hund eine Weile, streckte dann ihre Hand aus, fuhr ihm langsam übers Gesicht und schloss sanft seine Lider. Dann erhob sie sich, blickte ein letztes Mal auf den toten Hundekörper, den blonden Kopf, der wie schlafend auf dem Einkaufstrolley lag, drehte sich um und ging.

Leoparden sind typische Einzelgänger.

Du bist nicht allein, wir gehen mit dir!!!, sagten die Fans.
 Wir sind viele!
 Du hast immer uns.
 Gemeinsam sind wir stark.

Nun, da es unter der Brücke bald nach Verwesung riechen würde, musste sich Leoparda einen neuen Schlafplatz suchen. Sie beschloss, dass es am schönsten wäre, direkt unter dem Sternenhimmel zu schlafen. Am meisten Sterne gab es ausserhalb der Stadt, und so spazierte Leoparda dem Ufer entlang flussabwärts, vorbei an der Werdinsel, an Altstetten, Schlieren und so weiter, und suchte sich dann nach etwa zwei Stunden Marsch neben einem Kloster ein Plätzchen, wo sie sich einnisten konnte. Bei der alten Kirche war es sehr friedlich, niemand kam und stellte Fragen, so konnte Leoparda schlafen, wo sie wollte.

Beim Erklettern des Baumes werden die Krallen, die normalerweise eingezogen sind, ausgefahren und fixieren den schweren Leopardenkörper selbst an einem glatten, senkrechten, dicken Stamm, indem sie tief in die Rinde eindringen.

Leopardas Beine hingen auf beiden Seiten der Astgabel herab, ihr Gesicht schmiegte sie an den warmen Stamm. Sie schlief tief und träumte nichts.

Als der Morgen graute, erwachte sie und kletterte langsam nach unten, das letzte Stück liess sie sich den Stamm entlanggleiten. Dann zog sie sich vertrocknete Blätter und Äste aus den Haaren und machte Fleckenpflege. Ab und zu zog sie zu hastig an einer frischen

Kruste, dann floss gleich heisses Blut aus der Wunde. Leoparda leckte es ab und wartete, bis es versiegte. Dann, noch vor dem Frühstück, begab sie sich auf Streifzüge. Niemand begegnete ihr, weder in der Klosteranlage noch auf dem Weg am Fluss.

Wo seid ihr alle?

Wir folgen dir.
  Wir lieben dich.
  Wir sind immer bei dir.
  Sagten die Fans.

Beruhigt kehrte Leoparda zu ihrem Baum zurück. Den Rest des Tages verbrachte sie träge in der Astgabel hängend. Sie genoss die Ruhe, döste, und wenn sie an ihre Fans dachte, schnurrte sie liebevoll.

Am nächsten Morgen war der Handyakku leer. Leoparda kletterte vom Baum, um eine Powerbank aus dem Einkaufstrolley zu fischen, doch sie konnte ihn nirgends finden, weder verscharrt im Gebüsch noch versteckt auf dem Baum, und da begriff sie, dass sie ihr gesamtes Gepäck beim Hund gelassen hatte. Sie seufzte. Dann machte sie sich auf zur Klosteranlage und klopfte an die Haustür des Gebäudes neben der Kirche. Es dauerte, doch irgendwann machte eine Frau in einem schwarzen Schleier auf.

Hallo, Schwester, sagte Leoparda. Und dann, bevor die Frau etwas sagen konnte: Ich wollte nur fragen, ob ich vielleicht Ihre Steckdose benutzen könnte. Das wäre sehr nett.

Guten Tag, sagte die Frau und musterte sie von Kopf bis Fuss mit ihren grauen Mäuseaugen. Dann sagte sie: Haben Sie kein Heim, junge Dame?

Leoparda winkte ab: Doch, doch. Nur keine Steckdose. Sie hielt ihr Handy und das Ladegerät hoch, winkte damit und lächelte freundlich, ohne dabei die Lippen zu heben.

Die Frau schien Leopardas Haut zu studieren, löste endlich ihren Blick von den Flecken und sagte dann: Na gut. Sie dürfen unsere benutzen. Sie öffnete das Tor und geleitete Leoparda in einen Raum neben dem Eingang, wo sie ihr Mobiltelefon an den Strom anschliessen konnte. Der Raum war karg, nur ein Tisch und zwei

Stühle standen darin, und an der Decke hing ein alter Ventilator.

Leoparda strahlte, vor allem mit den Augen, die Zähne hielt sie krampfhaft hinter den Lippen versteckt, und bedankte sich herzlich.

Nichts zu danken, sagte die Frau.

Es bedeutet mir sehr viel! Man sagt ja, die heutige Generation sei verloren ohne Smartphone. Und es stimmt. Ohne mein Smartphone bin ich nicht ich, wissen Sie? Leoparda stand immer noch strahlend vor ihr.

Nach einer Weile, als Leoparda sich nicht rührte, fragte die Frau: Wollen Sie etwas trinken? Bei dieser Hitze …

Sehr gerne, Schwester, sagte Leoparda sofort.

Sie setzte sich an den Holztisch, die Frau verschwand und kam mit einem Glas Wasser zurück, das sie ihr hinstellte. Über ihnen surrte der Ventilator.

Ich finde es ja super, dass man Sie Schwester nennt, sagte dann Leoparda und nippte am Glas. Wir sollten uns eigentlich alle Schwester nennen, finden Sie nicht? Ich finde nämlich, dass wir Frauen zusammenhalten sollten.

Die Schwester nickte.

Man hat's ja heutzutage nicht leicht als Frau, fuhr Leoparda fort, glauben Sie mir. Sie seufzte. Aber zu Ihrer Zeit, Schwester, war's bestimmt auch nicht einfach. In Ihrer Jugend, meine ich.

Die Frau nickte erneut, schaute an Leoparda vorbei aus dem Fenster.

Leoparda starrte sie mit erwartungsvollem Blick an. Nicht wahr?, hakte sie nach.

Das Leben ist nicht einfach, antwortete die Frau schliesslich.

Leoparda lachte. Das können Sie laut sagen!

Auf dem Gesicht der Frau erschien auch eine Art Lächeln, als sie ihren Blick wieder Leoparda zuwandte. Sie sagte: Ich persönlich bin in schwierigen Zeiten immer geistlich gewachsen. Die Botschaft Gottes ist: Richtet euch auf.

Leoparda nickte. Das sehe ich genauso.

Dann schwiegen beide, und es wurde ganz still im Raum. Nur der alte Ventilator an der Decke flappte leise.

Wissen Sie, sagte Leoparda nach einer Weile, dass die Frau eigentlich von der Katze abstammt?

Nein, sagte die Frau.

Doch, doch!, sagte Leoparda. Das war nämlich so: Als der liebe Gott aus Adam ein Rippchen herausbrach, kam eine Katze, schnappte sich das Stück mit den Zähnen und rannte davon. Der liebe Gott natürlich hinterher, doch die Katze war zu flink, er erwischte sie nur noch am Schwanz, der dann abriss. Daraus machte Gott dann die Frau. Aus dem Katzenschwanz!

Nun konnte Leoparda nicht mehr anders, sie zeigte ihre Zähne. Aus dem Katzenschwanz!, wiederholte sie lachend. Von wegen Adams Rippe!

Das Lächeln der Schwester war verschwunden, sie starrte auf Leopardas Gebiss und schwieg.

Schnell senkte Leoparda die Lippen, verstummte ebenfalls. Wieder war es ganz still im Raum.

Diesmal brach die Schwester das Schweigen: Sagen

Sie mal, junge Dame, haben Sie denn jemanden, zu dem Sie gehen können?

Leoparda schaute sie erstaunt an. Natürlich!, sagte sie. Ich kann überallhin gehen.

Zu Ihren Eltern?

Auch.

Wieder schwiegen beide.

Wissen Sie, sagte dann die Schwester, Sie müssen da nicht allein durch. Es gibt viel Hilfe für Leute wie Sie. Besonders in so schweren Zeiten, Zeiten globaler Veränderungen.

Wie mich?

Die Frau nickte.

Ich brauch keine Hilfe.

Wir alle brauchen Hilfe. Beistand. Und Liebe. Wenn es gelingt, die Dunkelheit auszuhalten und ein Licht zu sehen, dann vermag die Hoffnung zu strahlen.

Leoparda stand auf. Ich glaube, ich habe genug geladen, sagte sie.

Sie holte ihr Mobiltelefon und bedankte sich, dass sie die Steckdose benutzen durfte.

Nichts zu danken, sagte die Frau, Sie können gerne jederzeit wiederkommen. Es ist unsere wichtigste Aufgabe, Gäste zu empfangen. Sie lächelte betont liebevoll und geleitete Leoparda aus dem Raum.

Auch Leoparda lächelte, zeigte die Zähne, fauchte, drehte sich um und verschwand im Gebüsch.

Sofort aktivierte sie den Stromsparmodus ihres iPhone und schaltete das Gerät zusätzlich in den Flugmodus.

Sie setzte ihre Streifzüge fort, ging in der Hitze, ganz allein. Nur ab und zu, wenn sie mit den Fans sprechen wollte, aktivierte sie die notwendigen Funktionen. Trotz dieser Massnahmen hielt der Akku nur wenige Stunden.

Als das Gerät abstürzte und sich nicht mehr starten liess, kehrte Leoparda auf direktem Weg zum Kloster zurück. Lange schlich sie um die grauen Mauern, bis sie sich ein Herz fasste und an die Tür klopfte.

Das Klopfen hallte hölzern und laut, doch niemand machte auf. Leoparda klopfte nochmals, trat ein paar Schritte zurück, wartete. Nichts geschah.

Wieder klopfte sie, einmal, zweimal, irgendwann hämmerte sie mit beiden Fäusten an das grosse Tor. Sie hämmerte, prügelte, bis die Fäuste bluteten, doch das Tor blieb zu.

Da entfernte sich Leoparda langsam. Nochmals drückte sie energisch die Einschalttaste ihres Handys, aber das Display blieb schwarz.

Heisse Tränen rannen über ihr Gesicht, brannten in den Flecken, lagen salzig auf den Lippen. Ohne sich nochmals umzublicken, verliess sie die Klosteranlage. Sie überquerte den Fluss, floh durch staubige, verlassene Strassen und schluchzte beim Gehen, dass ihre Schultern bebten.

Als Leoparda den Bahnhof Schlieren hinter sich gelassen hatte, riss sie sich zusammen. Sie wischte die Augen am Kleid trocken, leckte über die Lippen und betrat den vertrockneten Vorgarten eines Einfamilienhauses. Sie stellte sich vor die Tür, atmete tief ein und aus und drückte auf die Klingel.

Ein Kind machte auf. Der kleine Junge öffnete die Tür nur einen Spaltbreit, starrte sie erschrocken an, schrie dann: Mamiiiiii, und knallte die Tür zu.

Leoparda wartete. Bald darauf kam die Mutter, öffnete abermals die Tür, aber auch nur einen Spaltbreit, und musterte sie misstrauisch. Das ist Privatbesitz!, sagte sie dann.

Ich weiss, sagte Leoparda. Ich wollte ja nur fragen, ob –

Wir sind hier nicht die Heilsarmee!, rief die Frau. Verschwinden Sie, sonst rufe ich meinen Hund oder meinen Mann.

Ich wollte ja nur –

Verschwinden Sie! Die Frau machte eine wegscheuchende Handbewegung.

Leoparda ging ein paar Schritte rückwärts, die Frau wiederholte die Handbewegung und machte dazu: Kusch, kusch!

Da drehte sich Leoparda um und lief weg.

Bei einem grossen Wohnblock drückte sie gleich auf mehrere Klingelknöpfe gleichzeitig.

Hallo?, ertönte eine Männerstimme aus der Gegensprechanlage.

Guten Tag, sagte Leoparda, ich wollte fragen, ob ich eventuell vielleicht ganz kurz Ihre Steckdose benutzen könnte. Wissen Sie, mein Handy ist abgestürzt, und ich bin gerade in einer misslichen Lage. Es wäre also sehr nett, wenn –

Ich kaufe nichts!, brüllte der Mann.

Sie müssen nichts kaufen, meinte Leoparda.

Ich kaufe nichts!, wiederholte er, lauter und böser.

Ich wollte nur fragen, ob –

Jetzt verschwinden Sie, knurrte der Mann, aber sofort!

Gleichzeitig rief eine andere Stimme aus der Gegensprechanlage: Hallo, wer ist da?

Leoparda wiederholte ihre Frage.

Da brüllte der Mann: Verschwinden Sie, zum allerletzten Mal! Lassen Sie unser Haus in Ruhe!

Weitere Stimmen meldeten sich, die Nachbarn begannen bald über die Gegensprechanlage untereinander zu reden, Leoparda hörte »Frechheit« und »Ordnung« und schlich sich davon.

Sie liess Schlieren hinter sich und versuchte es in der nächsten Ortschaft. Diesmal drückte sie bei einem Wohnblock nur auf einen einzigen Klingelknopf. Sofort summte der Türöffner, und Leoparda betrat erfreut das Treppenhaus. Im ersten Stock machte jemand die Tür auf, es war ein junger Mann, er erinnerte Leoparda an den Studenten.

Hallo, rief sie fröhlich.

Bringen Sie meine Pizza?, fragte er.

Pizza?, meinte Leoparda. Sie stand bereits vor seiner Tür.

Er musterte sie abschätzig, lachte dann und sagte: Nein, du bringst offensichtlich keine Pizza. Was willst du?

Es ist eben so, sagte Leoparda, dass ich gerade in einer misslichen Lage bin. Mein Handy ist abgestürzt, und ich brauche dringend Strom, um den Akku zu laden.

Und jetzt?, fragte er.

Na ja, ich wollte fragen, ob ich vielleicht hier kurz die Steckdose benutzen darf.

Der junge Mann lachte laut, blickte dann nochmals auf ihr Gesicht, ihren Körper, rümpfte die Nase, wurde ernst und sagte: Wir haben gerade einen Stromausfall.

Wirklich?, fragte Leoparda.

Wirklich, sagte er.

Ach so, meinte dann Leoparda. Was für ein Zufall! Sie zeigte lachend ihre Zähne.

Auch er grinste, deutete dann nach unten ins Treppenhaus und sagte: Dort ist der Ausgang.

Danke, sagte Leoparda und ging.

Sie zog weiter von Haus zu Haus, von Dorf zu Dorf. Doch niemand hatte Strom oder eine Steckdose, niemand war von der Heilsarmee, niemand erbarmte sich. Eine Tür nach der anderen knallte vor ihrer Nase zu, manchmal wurden kleine Hunde auf sie losgelassen.

Leoparda zog weiter, immer weiter, die Ortschaften wurden unscheinbarer und verlassener, immer weniger Menschen reagierten auf ihr Klingeln. Mehrere Tage vergingen, ohne Essen, ohne Strom. Zu Beginn nagte der Hunger an Leoparda, und sie vermisste die Katzenfutterdosen. Doch bald gab der Hunger auf, denn Leoparda war stärker. Sie zog weiter, immer weiter.

Nachts kletterte sie auf einen Baum oder scharrte sich in einem Gebüsch ein Nest. Tagsüber zog sie weiter, klingelte bei den Menschen, erzählte von ihrer misslichen Lage, doch niemand wollte zuhören, niemand wollte helfen.

Bald kamen keine Häuser mehr, Leoparda zog durch Wiesen und Wälder. Die Wälder waren blutrot und braun, die Äste dürr und schwarz. Sie zog weiter, auf die Berge zu.

Eines Abends, als Leoparda die Berge schon fast erreicht hatte, stiess sie auf einen alten Hof am Waldrand. Das Gelände war steil und abschüssig, die Weiden vertrocknet und leer.

Neben dem Bauernhaus stand eine kleine Scheune, sie wirkte verlassen, das Tor war nur angelehnt. Leoparda näherte sich vorsichtig, schlich der Fassade entlang, versuchte durch die zersprungenen Fenster ins Innere zu spähen, doch drinnen war es dunkel, und sie konnte nichts erkennen.

Sie sah sich um, niemand war auf dem Hof, und so glitt sie durch den Türspalt in die Scheune. Sofort schlug ihr ein furchtbarer Gestank entgegen. Sie tappte ein paar Schritte benommen in der Dunkelheit, ohne ihre Sinne zu beherrschen, und trat plötzlich auf etwas Dünnes, Knochiges am Boden. Es fühlte sich an wie Beine. Gleichzeitig zerriss ein tierischer Schrei die Stille, so laut, dass Leopardas Herz kurz stehenblieb.

Am ganzen Körper bebend, sprang sie zurück zum Eingang, tastete die Wand ab, fand endlich einen Lichtschalter, die Glühbirne flackerte auf. Da erkannte sie einen Esel, der vor ihr am Boden im Heu lag. Der Esel schielte panisch zu ihr hoch, das Weiss seiner Augen trat hervor und entstellte seinen Blick. Das Tier war in einem miserablen Zustand: Sein Atem rasselte, die Rippen ragten aus dem Körper, und die dünnen Beinchen zitterten.

Leoparda ging langsam vor dem Tier in die Knie. Sie streckte die Hand aus und legte sie beruhigend auf seine Flanke. Der Esel starrte sie weiterhin angstvoll an, blähte seine Nüstern, unfähig, sich zu rühren.

Unterdessen war der süssliche Gestank im Raum ins Unerträgliche angeschwollen, und Leoparda begriff plötzlich, was es war: Verwesung.

Tatsächlich schwirrte in der Ecke bei der Krippe ein Fliegenschwarm, darunter erkannte sie einen grossen, dunklen Kadaver im Stroh. Der Kadaver hatte Hörner, vermutlich handelte es sich um eine Kuh. Vielleicht auch um einen Ochsen, die Verwesung machte es Leoparda unmöglich, das Geschlecht zu bestimmen.

Sie hielt sich nun die Nase mit Daumen und Zeigefinger zu und sah sich weiter suchend im Stall um. Der Esel verfolgte sie dabei ängstlich mit seinen grossen Augen, zu schwach, den Kopf zu heben.

Bald hatte Leoparda gefunden, was sie suchte: In der Ecke neben dem Eingang, zwanzig Zentimeter über dem Boden, befand sich eine kleine weisse Steckdose. Leoparda schrie laut auf vor Freude, klatschte in die Hände und vergass sogleich, sich die Nase zuzuhalten. Sie zog ihr Ladegerät hervor, schloss es an den Strom an, und das iPhone vibrierte dankbar. Sie drückte auf die Einschalttaste, das Gerät vibrierte abermals, wurde ganz heiss, und endlich erstrahlte das Display. Leoparda kicherte, hechelte, fing an zu hyperventilieren. Sie öffnete alle Social-Media-Apps. Die Meldungen ihrer Fans spülten herein und brachten die Nachrichtenboxen zum Überquellen, bald waren die Apps nicht mehr in der Lage, alle neuen Benachrichtigungen anzuzeigen. Leoparda postete:

ICH BIN WIEDER DA

Dann sendete sie ihren Live-Standort auf allen Plattformen und sackte plötzlich zusammen. Neben dem Esel fiel sie auf die Knie, kippte zur Seite und rührte sich nicht mehr. Der Esel starrte sie mit grossen Augen an, zuckte dazu nervös mit den Hufen und versuchte erfolglos, sie von sich wegzuschieben.

Leoparda hörte Lärm. Viele Stimmen sprachen durcheinander, Schritte bebten auf dem trockenen Boden, vereinzelte Motorengeräusche kamen von weit her. Im Stall war es taghell: Licht drang von draussen durch die Fenster, überstrahlte die schwache Glühbirne. Die Verwesung stand dick und süss im Raum, das Atmen fiel schwer. Sie blickte um sich. Der Esel lag unverändert da, nur die Augen traten gläsern hervor, und er atmete nicht mehr. Der Lärm musste von draussen kommen.

Leoparda erhob sich. Streckte sich. Zog sich Strohhalme aus den Haaren. Dann öffnete sie die Stalltür. Draussen war Nacht, doch ein grosser Stern stand über der Scheune und tauchte die Landschaft in einen goldenen Schein. Leoparda musste sich die Hände vor die Augen halten, so blendend fiel das Licht vom Himmel. Sie stand da, atmete die frische Luft ein, die Hände schützend vor den Augen.

Und da schwoll ein riesiger Tumult an, zuerst fern, dann nah, rollte wie eine Welle heran. Leoparda spreizte vorsichtig ihre Finger und spähte: Sie kamen ihr entgegen. Sie kamen die Weide hochgelaufen, riefen, winkten, einige pfiffen, und immer wieder kreischte jemand hysterisch. Langsam liess Leoparda die Hände sinken. Und sie sah: Die Fans, die sie gerufen hatte, waren gekommen.

Schweizer Literatur im Lenos Verlag

Peter Gisi
Mutters Krieg
Roman
141 Seiten, gebunden, mit Schutzumschlag
ISBN 978 3 03925 019 6

Peter Gisis Roman ist eine wunderschöne und grausame Reise in die Vergangenheit. Er fragt seine Mutter nach den Ereignissen in den japanischen Internierungslagern auf Java, und in seinen eigenen Kindheitserinnerungen webt er mit grossartigen, phantasievollen Bildern den Schrecken weiter.

»Der Roman überzeugt durch seine eigenwillige Poesie, mal nüchtern dokumentarisch, mal urkomisch, mal himmelschreiend.«
Alfred Schlienger, bz Basel

SCHWEIZER LITERATUR IM LENOS VERLAG

Gabrielle Alioth
Die Überlebenden
Roman
269 Seiten, gebunden, mit Schutzumschlag
ISBN 978 3 03925 015 8

»Sexuelle Gewalt, das Dulden und Schweigen der Frauen, auch wenn es um ihre eigenen Kinder geht: Es ist ein bedrückendes Bild, das der Roman auf eindrückliche Art zeichnet. Und die Frage stellt: Kann es gelingen, dieser ›Erbschuld‹ zu entkommen?«
Bernadette Conrad, Schweiz am Wochenende

SCHWEIZER LITERATUR IM LENOS VERLAG

Thomas Duarte
Was der Fall ist
Roman
301 Seiten, gebunden, mit Schutzumschlag
ISBN 978 3 03925 016 5

»Mit Leichtigkeit, Hintersinn und Humor macht Duarte das Erzählen selbst zum Thema. (...) Er dreht und wendet Annahmen, was sinnvoll und was sinnlos, was erstrebenswert und was gescheitert ist, auf raffinierte Weise hin und her. Dasselbe tut er mit dem Bild seiner Protagonisten. Am Schluss erscheint der Erzähler als Betrüger, die Putzfrau als Lebenskünstlerin und der Polizist eher als Hüter der Nacht denn des Gesetzes.«
Martina Läubli, NZZ am Sonntag

SCHWEIZER LITERATUR IM LENOS VERLAG

Yves Gaudin
Nur die Wahrheit
Roman
Aus dem Französischen von Anne Thomas
193 Seiten, Softcover
ISBN 978 3 03925 018 9

»Ein Roman, der aufrüttelt, Gewohnheiten hinterfragt und den Leser durcheinanderbringt, bevor er ihn mit Bravour für sich gewinnt. (...) Ein ambitionierter, mehr als interessanter und sowohl inhaltlich als auch formal atemberaubender Roman noir.«
Radio Télévision Suisse

MIX
Papier aus verantwor-
tungsvollen Quellen
FSC® C083411